LA PLUS-QUE-VRAIE

Alexandre Jardin est né en 1965 d'un père irréel et d'une mère héroïne de roman. Auteur, père émerveillé et cinéaste parfois, il s'efforce de mener une existence dénuée de fausseté dans une époque qui exige des rôles. Il est l'auteur d'une vingtaine de romans.

Paru au Livre de Poche :

CHAQUE FEMME EST UN ROMAN
DOUBLE-CŒUR
FRANÇAISE
DES GENS TRÈS BIEN
JOYEUX NOËL
JUSTE UNE FOIS
MA MÈRE AVAIT RAISON
MES TROIS ZÈBRES
LES NOUVEAUX AMANTS
LE ROMAN DES JARDINS
LE ROMAN VRAI D'ALEXANDRE

ALEXANDRE JARDIN
en duo avec ALEXANDRA SAUVÊTRE

La Plus-que-vraie

ROMAN

ALBIN MICHEL

ISBN : 978-253-93620-6 – 1ʳᵉ publication LGF

AVANT-PROPOS

Et si on avait tort d'écrire depuis toujours des romans d'amour qui sont de longs monologues ?

Plus ça va, plus je trouve dommage que les sentiments soient enfermés dans un seul point de vue. Ras-le-bol de cet autisme littéraire.

Coincé depuis longtemps dans le labyrinthe de mes obsessions, j'ai beaucoup écrit sur la passion. Aujourd'hui, je crois que l'amour romanesque ne peut plus être l'affirmation d'un regard qui se suffit à lui-même.

Ce livre conjugue deux points de vue, ceux d'un homme et d'une femme amis, ivres de mots et drogués de poésie. Alexandra Sauvêtre ne fait pas de littérature, elle écrit. Ce qui est mieux. Merci à elle d'avoir joué ce jeu littéraire, d'avoir accepté le duo en ventriloque de l'absolu. Son élan d'écriture ne fait que commencer.

Alexandre Jardin

ACTE I

Le printemps

1

Je m'appelle Frédéric Sauvage. Toute ma vie, ma soif de sentiments a fait voile et mon cœur, gouvernail. Écrivain de romans d'amour, je n'ai expérimenté que sur le papier les langueurs et les éclosions prodigieuses. Drogué à l'illusion, j'ai créé des magiciennes d'envergure, des beautés douées pour l'infini et des amours mirobolantes désinfectées de tout ennui. J'allais les chercher dans cette zone de mon imaginaire où je cessais de vivre en apnée.

Après un demi-siècle de fiascos, de disséminations et de simulacres affectifs, l'amertume me restait sur l'échine et me bousillait les sangs.

Une pléiade de romans fiévreux, publiés jeune, me valurent un strapontin dans la République des Lettres. J'y rémunérais mes idéaux en défiant ce siècle de consommation de l'amour, conscient que les rêves hors série sont désormais des bandits à l'ère du «speed dating». Dépité, je m'inventais des alter ego mieux équipés que moi pour convoquer le sublime.

J'ouvris ce bal galant avec un zèbre pétaradant qui, après quinze ans de mariage, rambinait la routine amoureuse afin que la passion ne s'effiloche pas. Puis un jeune héros, tout aussi fringant, se livra à une cour sans fin pour ne vivre que le meilleur de l'amour, les préludes. L'un de mes protagonistes poussa l'aventure d'aimer jusqu'à se rendre dans l'île des Gauchers, une micro-société inversée conçue pour que l'amour triomphe. Tous étaient profilés pour les hautes passions, pour l'érotisme fou. Ils étaient séduisants et attachants, des allégeurs d'instants, des gauchers invétérés qui, vivant à l'envers, vivaient à l'endroit. La grande vie galante les rencontrait, celle qui a des accointances avec l'irrésistible.

Décalé face à mes moitiés du moment éprises de vie plus calibrée et de sexualité sous contrôle, j'aurais tant aimé chaparder les exigences de mes héros. Et m'insinuer dans un grand destin de passionné hors norme. Hélas, ma sensualité était à l'Éros ce qu'une lampe de poche est au soleil. Mon esprit savait coudre de la féerie et empocher de la joie pure, pas moi. Je stagnais dans un roman glacé. Imprévisibles, capricieux et intoxiqués d'exaltation, mes personnages étaient les Fregoli de la vie romanesque et de l'amour barge, tandis que moi, en carafe, je m'en tenais à mes maigres rôles et cultivais mes habitudes étroites. Le personnel frénétique de mes petits romans ne s'esquivait pas, il se camait d'infini, tandis que j'éludais mon immensité. Il vivait, je survivais.

Flirtant avec la dépression, je prétendais en avoir assez de la fantasmagorie, mais étais-je prêt à séjourner dans une existence réelle, à concorder pour de vrai avec moi-même et à plonger dans l'eau bouillonnante d'un roman vrai ? À bondir dans les effervescences d'une rencontre sans règle ? Mais est-on jamais prêt à courir les risques fous d'un amour qui détricote ses propres lois, à se frotter aux périls de la passion qui délivre ? À vivre tout simplement ?

Hostile à toute réduction de voilure, je publiais frénétiquement. Vingt volumes fébriles m'avaient exténué le cœur. Ils infectaient d'idéaux ma vie d'homme souvent mal marié. Stylo en main, je réclamais que les pics soient constants, sans intermède raté, que le discontinu de l'extase érotique ne soit pas du courant alternatif – parce que rien de tout cela n'arrivait à mon cœur.

Et puis un jour, une femme m'a trouvé.

Une inespérée.

Une femme-question, pas une femme-réponse.

Une inconfortable enveloppée d'effrois enfantins.

Une exigence.

Une experte en rituels de l'attente, en préliminaires de l'imagination.

Une fille de la princesse de Clèves née pour le vertige. Entichée de présence réelle.

Un cœur d'élite réclamant ma plus extrême vérité et que je me rehausse à la hauteur de mes prétentions galantes.

Une casse-couilles émérite !

Une Antigone des sentiments a donc déboulé au moment précis où, veuf de la perfection, je commençais à croire que seuls mes romans me consoleraient d'être né. À l'instant où, collectionneur de déceptions, j'avais la pétoche de finir taillé dans un mal-être grinçant. Au moment même où je me convainquais qu'il n'existait pas sur le globe une femme-roman capable de faire dérailler le mien. Une vraie pourvoyeuse d'éclats de rire.

Où se planquait donc l'inadaptée à l'amour blessé que je traquais ? La grande vivante au joli cul refusant de s'acclimater à une passion carencée d'écoute ? N'avais-je pas rêvé cette désobéissante ?

J'étais alors englué à Paris dans une histoire fiévreuse qui n'avait rien d'un amour mais tout d'une dictature. Une randonnée dans les reproches. Les manèges de cette beauté retorse me faisaient espérer un paradis qui ne cessait de se dérober, quand, un mardi soir, à la réception d'un hôtel bordelais, l'inespérée se présenta.

Elle était là, dans ma ville d'origine.

Un petit gabarit taille 34.

Une irrésistible drapée d'élégance.

Des yeux de comète.

Une absence poétique plus qu'une présence matérielle.

Un éclat plus que des traits.

Guerrière aux nerfs de papier, sans doute tissée de littérature, parfumée d'intelligence et de curiosité multidirectionnelle, elle se tenait devant moi. Je dis cela car elle trimbalait deux sacs, un de vêtements et un joli cabas bourré de livres de poésie et de romans fièvre anglais et français, ceux que la police littéraire – qui confond mièvrerie et battements de cœur – juge trop sucrés.

Une violence douce flottait autour de son chignon désordonné, un silence dense, un mystère éloquent, une réserve audacieuse, une effronterie tamisée par une évidente gentillesse.

Elle était là, allurée, deux bagages à la main.

Elle portait un pull ample qui la suggérait.

Comment lui chipoter sa grande classe ?

Je crus la reconnaître.

Nous étions-nous déjà aperçus, frôlés ?

On eût dit le sosie moral et physique d'une héroïne grecque, un peu paumée dans la modernité. Son affinité avec l'absolu se respirait. Son corps menu, sculpté dans le doux et le friable, me fascina tout de suite. Poitrail menu : 85A, à vue d'œil. D'un sac dépassaient des gants de boxe. Elle devait s'intoxiquer de sport.

Elle déposa son passeport sur le comptoir.

Le réceptionniste du Grand Hôtel me reconnut et, avec un large sourire, nous envisagea comme un lot :

— Monsieur et madame Sauvage ?

— Heu… oui, fit-elle en même temps que moi.

Très étonnés, nous nous dévisageâmes. Ses pupilles étaient aussi surprises que moi.

— Vous avez fait bon voyage ?

— Oui, balbutiai-je.

— Excellent, ajouta-t-elle amusée, en ouvrant son passeport à la page qui indiquait son patronyme.

Je le lus en biais : Sauvage. Alice Sauvage.

Son profil séraphique me bouleversa.

Nous avions la même identité.

Je frissonnai.

D'évidence, le réceptionniste nous avait pris pour un couple légitime lorsqu'il avait reçu nos réservations et il avait tout simplement réuni nos dossiers en un seul, sous le nom de « Sauvage ».

Ravi d'accueillir un écrivain « reconnaissable » et son épouse légale dans son établissement, l'homme affable nous annonça qu'il nous avait surclassés. Notre « couple » impromptu pouvait bénéficier d'une chambre immense donnant sur l'Opéra de Bordeaux. Elle écarquilla de grands yeux, moi aussi, et je crus déceler sur la commissure de ses lèvres un amusement, comme si l'incongru de la situation ne lui déplaisait pas. Son sourire était irrésistible. Fracasser les convenances ne devait pas l'effrayer.

D'une voix ferme, je m'entendis lui dire :

— Ma chérie, tu n'as pas oublié un bagage dans le taxi ?

— Non, répondit-elle, enjouée. On a tout.

Ce « on » me parut délicieux.

— Si vous voulez bien me suivre, poursuivit le réceptionniste en prenant la clef d'une suite.

Nous voilà dans l'ascenseur, prêts pour le feu de brousse passionnel. L'impromptu augmentait le charme de cette rencontre collision. Parfois, la vie affûte ses combines pour fignoler du merveilleux adaptable sur pellicule. Tandis que le déplacement vertical d'un ascenseur luxueux nous conduisait jusqu'au dernier étage dans un feulement doux, nos regards ne se lâchaient pas, par en dessous. Les sourires timides d'Alice achevaient de façonner sa perfection. Aucune concurrente de pellicule ne me fit jamais plus d'effet, sauf Garbo.

Mais à peine hors de l'ascenseur capitonné de

cuivre, elle se tourna vers moi et déclara de sa voix aquarellée :

— Non, finalement non.

— Non ?

— C'était séduisant mais vous n'êtes qu'un amateur, pas un artiste du sublime.

Interloqué, le réceptionniste s'arrêta. Elle continua en me fixant :

— Vos mots sont ceux d'un touriste du prodigieux, d'un charlatan. Pas d'un écuyer de la folie d'aimer. Ce que je réclame à l'amour, c'est votre tête, pas votre seul corps, votre illimité tout entier, pas une petite griserie bâclée. Nous méritons mieux que cette méprise. Je veux un chef-d'œuvre sinon rien, et ce début d'histoire ressemble trop aux scènes de vos petits romans pour que j'accepte d'être l'un de vos personnages chromos. Au revoir Frédéric. Je n'aime pas les marionnettistes.

Sur ces mots, Alice me faussa compagnie sous l'œil éberlué du réceptionniste qui susurra un :

— Madame n'est pas votre femme ?

— Pas à ma connaissance, mais je l'épouserais volontiers !

Le réceptionniste faillit s'étrangler de sa méprise.

Je restai tout de même interloqué par la volte-face d'Alice, tandis qu'elle dévalait les grands escaliers.

Elle, que j'avais d'abord prise pour une sylphide sortie d'un aquarium proustien, munie de gants de boxe, était l'auteure de la scène que nous venions de jouer. Nous étions partis pour un lever de rideau frivole, elle nous engouffrait dans une aventure épique en se dérobant. Avec de drôles et plaisantes virulences. Pour la première fois, j'étais happé par un caractère bien réel qui semblait sortir d'un roman ou sur le point d'y entrer. Écrivaine-née, Alice était-elle non pratiquante ou déjà rompue à l'art de tricoter des chapitres ? Une chose était certaine, cette inclassable me surclassait en folie appliquée, alors que la mienne était encore d'affichage. J'avais affaire à une virtuose de la liberté d'initiative, une inventeuse de séquences hors de contrôle.

En déballant ma valise, seul dans l'immense suite dont les fenêtres ouvraient sur l'Opéra de Bordeaux, je restai désemparé. Mon cœur venait de se faire casser la gueule. Avec sa volte-face inattendue, cette fille m'avait agacé. Mais je pressentais que cette Sauvage avait assez de talent pour accéder, qui sait, à la mythologie ouvragée d'une Colette ou d'une Sagan.

Dans le petit morceau de temps que nous venions d'improviser, Alice avait d'abord accepté que j'écrive le hors-d'œuvre, puis elle avait repris la plume à la volée : « Ce début d'histoire ressemble trop aux scènes de vos petits romans. » En une phrase, cette fille pur-sang avait totalement redessiné l'histoire : « Je veux un chef-d'œuvre sinon rien. » Elle ratait notre rencontre pour mieux la faire naître. Elle disait non pour dire oui.

Soudain, je fus pris d'une envie irrésistible d'aimer frénétiquement cette fille qui désirait écrire, et non être écrite. Je ne voulais plus stagner en lisière de mes songes imprimés. Nathalie, qui occupait encore ma vie, venait de perdre l'essentiel de son pouvoir.

Méphitique, elle avait certes du charme, mais un mauvais charme, comme on dit mauvais genre, pour les vénéneuses.

Alice semblait furieusement douée pour l'absolu, pour jouer à saute-mouton avec l'improbable.

Avais-je mesuré jusqu'à quel point ?

2

La lettre cogneuse que je reçus trois jours plus tard à Paris, via ma maison d'édition, fut sans doute la plus grande déclaration de guerre à la petitesse que je lus dans ma carrière de prétendant. Quel taux d'impudeur ! Quelle manière superbe de m'érafler ! Acide et cash, ses jugements lapidaires et son style incendié me figèrent le cœur. Tout de suite, je compris que cette indépendante pouvait être mon agent de liaison avec l'époustouflant. Et que son catalogue d'idées dansantes allait former mon décalogue.

« Frédéric,
Pardonnez-moi d'avoir été lors de notre rencontre à Bordeaux un peu désordonnée dans ma hâte à vous fuir. Je regrette de ne pas avoir exprimé plus et mieux tout le mépris et le dégoût avec lesquels je vous considère.

Chacun de vos livres est comme une bombe entre mes mains qu'il me revient de désamorcer ou de faire exploser – au risque de dynamiter ma propre existence. Certains m'ont consolée d'avoir été éconduite par un amant, d'autres m'ont délivrée de l'emprise d'un amour enlisé. Certains m'ont appris à célébrer l'insoumission et à prôner la désobéissance, d'autres m'ont poussée à céder aux moindres caprices de l'empire de mes sens.

Ils ont été une source inépuisable de vérité et d'authenticité dans laquelle je pouvais enfin coexister avec moi-même. Était-ce votre cas, vous le maître du mentir-vrai, de l'illusion qui sauve ? Vous qui êtes capable de dire à une femme "je vous tromperai toujours sans jamais vous trahir" ?

Moi, j'ai toujours raffolé du risque vrai. Mais je ne suis pas l'héroïne d'un de vos romans d'amour, parce que moi j'existe, furieusement, j'existe densément, violemment. Librement.

Sans triche.

Je choisis les couleurs offensives, pas vos gris.

Gauchère de naissance, j'ai toujours considéré que la vie que j'habitais était trop petite. Que la comédie que l'on m'imposait d'interpréter était trop courte, trop simple pour y jouer tous mes personnages. Que l'existence que l'on me suggérait était trop fragile pour accueillir tous mes désirs.

Inapte aux compromis, j'aspire à l'intensité existentielle et à l'immensité sentimentale que procure une vie sans ajustements. Dans laquelle éclatent l'absolu et l'extrême. Rayonnent le sublime et la grâce. Exultent le désir et l'érotisme. S'élèvent la vérité et la liberté. J'exige une vie qui désavoue la tempérance et la modération au profit de l'embrasement et de la folie saine. Qui renonce à une tranquillité agréable au profit d'une ardeur frénétique.

Une vie affamée, affolée, effrénée, illuminée. Enivrée et enivrante.

Qu'en est-il de vous, Frédéric ?

Pamphlétaire crêté de certitudes, citoyen enragé et écrivain reconnu, tel un Horace déguisé confortablement installé dans votre rôle d'époux professionnel nécrosé dans des mariages de seconde classe, vous êtes l'antithèse de l'amour fou et libre.

Enlisé dans l'emprise de tous vos rôles mal assumés et piètrement joués, vous vivez en dessous de vous-même.

Je le sais, vous saurez un jour comment.

Vous faites l'amour sans conviction. Vous baisez avec modération. Vous écrivez sans cesse le mot "intensité" parce qu'il n'est pas dans votre vie. Vous vous raturez dans d'innombrables romans d'amour fantasmés. Vous vous altérez dans vos compositions et vos mensonges. Vous vous désagrégez en attendant votre Liberté.

Je vous méprise.

Vous n'êtes qu'un consommateur d'illusions, un manipulateur d'âmes vertueuses, péroreur sur les plateaux, menteur dans votre vie, sans courage, un être factice.

Acceptez de courir le risque. Le risque de vivre.

Cessez de vouloir tranquilliser votre quotidien et préserver l'ordre de votre existence d'un tumulte aussi imprévisible qu'incontrôlable.

Rendez-vous demain à 19 heures, au café de la gare de Bordeaux.

Alice »

Foudroyé, j'étais soudain ! Le châssis, les roues, mon pare-brise venaient d'exploser.

Je restai sidéré par la prétention des jugements mitraillette de cette crâneuse.

Pour qui se prenait-elle ?

D'où tenait-elle son « je le sais » ?

Cette lettre démarrait comme un assassinat, sa chute ouvrait l'avenir. Mais lequel ? Pouvais-je me fier à une telle girouette ? à une dézingueuse de rencontre conventionnelle aussi déroutante ?

Pourquoi étais-je sensible à une redresseuse de torts aussi giflante ?

Cette Alice me canardait sec, mais j'aimais déjà que ses migraines métaphysiques soient celles de son cœur, que ses ambitions musclées soient celles du cœur, que son intelligence scalpel soit celle du cœur, et que son cœur ne sache s'animer que dans les parages de l'extrême vérité. Pénible. Saine. Réveillante.

Par mail, je lui répondis sans délai :

« Alice,

Je vous déteste de me parler ainsi, sans ménager mon amour-propre. Je suis friable et même un sacré con quand on m'égratigne.

Je serai à Bordeaux demain.

Rien de plus.

Je possède mes nerfs.

Frédéric »

Une heure plus tard, elle me répondit comme on tire à bout portant :

« Frédéric,

L'amour-propre est une calomnie de l'amour vrai. L'amour sublime se fait salement pour être propre.

Soyez pour la première fois de votre vie l'auteur de votre existence et non le décalque d'un personnage d'un de vos romans, en plagiaire de vous-même.

Je me suis toujours promis de ne jamais accepter de compromis de petite facture, de n'avoir jamais aucune certitude, de me dérober aux demi-mesures, de fuir l'ennui, la constance et la mélancolie et de ne désirer que des amours passionnées, des désirs audacieux et des élans fougueux. Je veux renoncer à la monotonie du quotidien et toujours frôler la folie. Je rêve d'une existence mise en mouvement par ma propre volonté.

Je vomis les cœurs tièdes et rigides affligés de déceptions et ensommeillés dans leurs ambitions, les passions mesurées et limitées, qui altèrent la sensibilité et réfrènent la liberté, les amours fossilisées. Les amants asphyxiés. Les désirs contrariés.

À demain à Bordeaux, à 19 heures.

Alice »

3

En lisant et relisant ses deux messages, j'étais certain qu'Alice ne viendrait jamais à ce rendez-vous. Fiévreuse à sang-froid, avait-elle seulement idée de ce qu'elle désirait pour nous ? Ce « nous » avait-il un sens ? Comment diable pouvait-elle se montrer aussi cassante et me convoquer à une rencontre galante ?

Par ces envois qui sentaient la poudre, la griffure et le velours, Alice venait de pulvériser mes simagrées littéraires pendant qu'Alfredo, mon perroquet vert, m'agonissait d'injures.

Vénézuélien prélevé dans la jungle, Alfredo avait été viré du zoo de Vincennes au motif qu'il injuriait la clientèle avec franchise en articulant en français des débuts de phrases ignominieuses. Comme Alice aurait pu le faire. Dès que j'avais lu ça dans la presse, je m'étais procuré ce champion à plumes du quolibet. Sans doute parce que je raffole de l'inattendu, de tout ce qui permet d'accrocher du merveilleux au quotidien. Cette bête honnête me faisait du bien, comme la prose corrosive d'Alice qui m'attaquait dans mes lâchetés avérées, mes médiocres palinodies de romancier de saison.

Au fond, ça me plaisait qu'elle me dénie le droit d'écrire notre histoire et que cette héroïne surgie de nulle part ne se laisse pas écrire par moi. Son audace contagieuse et électrisante m'avait fait accepter cet étrange rendez-vous. Les individus qui s'accordent des déboîtements et qui empruntent les raccourcis me rassuraient, comme si la normalité convenable avait été pour mon cœur un signe d'étroitesse et de petitesse.

Le lendemain, je quittai Alfredo et pris le train pour Bordeaux, sans rien savoir de ce qui allait m'arriver. Absolument rien. Et je me demandai soudain ce que je fichais là, dans ce TGV.

Elle s'appelait Alice. Et déjà je pensais l'aimer. C'est tout ce que savais, et c'était l'essentiel. Mon train arriverait à 18 h 45, je serais donc à l'heure. Mais à l'heure de quoi ? de qui ?

Alice, si prompte à se donner peut-être, ou à me tarter, serait-elle là ? Tout me paraissait envisageable, et ce «tout est possible» me ravigotait. Me gifleraitelle pour me punir d'être incapable de vivre en protagoniste de l'un de mes livres ? L'engueulerais-je avec la dernière sécheresse pour ses allégations acérées ? Lui réclamerais-je des comptes sur ses jugements si lapidaires ? Car enfin, cette grande vivante se permettait des verdicts très durs allant jusqu'à sous-entendre que ma petite moralité méritait une salve de mépris, un bannissement de la moindre honorabilité. Alice me toisait, comme si elle avait saisi que j'étais de ceux qui disparaissent en se montrant, de ces plumitifs à la mode qui s'exhibent pour n'être jamais vus. Jugement

26

sévère que je n'étais pas loin d'accepter tant j'étais prompt à me haïr et à faire de mon mieux pour honorer le destin pitoyable que ma vie maritale avait toujours prophétisé.

En rupture avec ma moitié de rencontre, créature aboyante, j'étais dans l'un de ces épisodes où sa paranoïa infatigable reprenait sa place. Nathalie mijotait dans sa psychologie colérique. Elle nous avait précipités dans l'empire de la brutalité. Agressive de haut lignage, plus acide que le bel Alfredo, cette pourvoyeuse d'ennuis m'épuisait de reproches coupants. Elle arguait que tous mes efforts pour la protéger démontraient mon insuffisance à le faire. Saoulé de ses délires proliférants, j'avais rendu mon tablier et me croyais débarrassé de ses névroses encageantes. Sans soupçonner ce qu'une âme détraquée peut comploter comme manigances.

Assis dans le TGV, je songeais à Alice avec l'impression trouble de l'avoir déjà croisée dans mes petits romans remplis de température. Même radicalité que mes héroïnes, même si elle était bien la plus réelle des personnes, la plus rétive à se laisser imaginer par moi ou façonner par mes désirs. Par sa beauté cristalline, mutine et ardente qui signait son adhésion à la vie, Alice résumait tout le chic français, celui qu'invente notre pays depuis Ronsard. Sa grâce était quasi angevine avec un zeste d'incendie transalpin.

En face de moi, un vieux monsieur me scrutait, un exquis fossile au regard gris. Un vestige d'hier et surtout d'avant-hier. Un de ces Bordelais surdoués de l'élégance. Un homme qui aurait pu être un soldat rugueux, ou contremaître dans un tiers-monde râpeux, et finissant dans les raffinements.

— Vous avez l'air préoccupé, me lança-t-il avec aménité en posant la biographie de Frank Capra qu'il lisait.

— Je fonce vers l'inconnu.

— En ce cas, remerciez la vie. Le connu est d'un ennui malsain.

Démangé par le désir de désirer cette ambassadrice du roman incarné, je m'apprêtais à tout en traversant le pays. J'espérais trouver dans cette soirée de quoi cesser de me décevoir. La frénésie poétique d'Alice allait-elle nous emporter ? Sait-on jamais jusqu'où certaines femmes aiment et comment, fortes d'une liberté rayonnante, elles osent distribuer leur amour ?

Quelle saison succulente allait s'ouvrir à Bordeaux ?

Allait-on réussir notre naufrage avant même d'avoir embarqué dans le navire de la passion ? Ou démarrer notre excursion dans un ciel dégagé fascinant à fouiller ? Alice était-elle de ces aventurières qui, faute de publier, lèguent un destin à défaut d'une œuvre ? Ou pillait-elle déjà son imaginaire en rédigeant des romans ?

Après ce début en fanfare à la réception du Grand Hôtel de Bordeaux, allions-nous décrocher un ticket pour le réel magnifié ou notre intérêt réciproque resterait-il au point mort, dans l'indéfinissable empire du fantasme ? L'amour, ce sport salaud, est aussi imprévisible qu'imaginatif. De toute mon âme, j'espérais pour Alice et moi le surclassement dans une passion débornée, désassagie, décadrée. Sans doute devait-elle, de son côté, déplorer l'écart disposé par la Providence entre l'infini et nos deux corps. Ou se fichait-elle de moi ? de ma passion fixe pour la passion ?

J'hésitais entre l'envie de la secouer et celle de m'intéresser de près à sa dinguerie.

4

Au café de la gare, je me demandais ce que je fichais là. Qu'est-ce qui allait me déambuler dans la tronche ? Tout cela était-il bien réel ? N'étais-je pas en train de me perdre à l'intérieur d'un chapitre de notre imaginaire conjugué ? de m'égarer dans la littérature facile de sentiment ?

Comme tous les intoxiqués de l'énergie, je me savais capable de suivre mille chemins débiles dans l'espoir de croquer une miette de mon idéal. Était-ce le cas, une fois encore ? Prend-on un TGV pour rejoindre une femme dont on ignore tout, avec le rêve de lui extorquer un peu de sublime ?

Je commençai à faire la liste de toutes les raisons objectives qui me poussaient à rentrer à Paris et à oublier notre rencontre :

— Pourquoi ajouter une compliquée à une emmer-deuse brevetée ? Nathalie faisait déjà de ma vie un toboggan de crises hargneuses, un rodéo d'engueulades.

— Mon divorce cactus avec mon ex-ex, très réso-lue à siphonner mes revenus dans un premier temps (j'adore exagérer), puis à torturer ma conscience d'avoir décampé.

— Mes lectrices qui me confondaient avec mes personnages masculins, parmi lesquelles devaient se trouver une ou deux femmes tout à fait attirantes et bienveillantes aptes à me faire oublier les excès de Nathalie. Ne valait-il pas mieux faire mes emplettes de frissons et de maîtresses dans ce rayon, sûr et balisé ?

— Mon découvert bancaire déplaisant après prélèvement substantiel du fisc manquant (singulièrement) d'humour.

— Mon ignorance totale de l'existence réelle d'Alice. Quel métier exerçait-elle ? Était-ce un arrangement provisoire, une vocation trépidante ? Que pensait-elle politiquement ? Une allergie idéologique allait-elle nous disjoindre ? Était-elle très mariée ? résolument fiancée ? dotée de douze enfants et d'une paire de jumeaux en bas âge ?

— Son équilibre mental. Et si elle n'était qu'une instable sans autre grandeur que celle que je lui avais prêtée ? Était-elle médicamentée, sur-cokée, alcoolisée ou en proie à d'affreux dérèglements psychiatriques ? Allait-elle me rendre barjo avec sa beauté racée ? plus cinglé que je ne l'étais ? Quelqu'un la manipulait-il ? (J'étais en droit de le supposer puisque Nathalie avait longtemps tiré les ficelles de ma volonté sans que je le sache.) Était-elle intéressée, vile ? Était-elle en train de se raconter une histoire poivrée pour réintégrer ensuite une vie douillettement bourgeoise en me laissant exsangue, le cœur lacéré ?

— Que savait-elle de moi, outre que mon double public bavassait en cabotinant devant des caméras ou en publiant des romans filigranés de vie personnelle ?

A-t-on accès au vrai d'un homme en parcourant le mensonge de ses romans ? Découvre-t-on la moelle de ses os moraux en fréquentant ses songes imprimés et en le croisant quelques minutes dans un hall d'hôtel ? (Quelque chose me dérangeait et m'interpellait dans ses assertions hautaines.)

— Alfredo aurait raison de se foutre de moi avec ses quolibets cruels.

— Cette sensation de déjà-vu. Ce genre de rendez-vous à l'aveugle aurait pu être le duplicata d'une scène de mes romans d'antan. Une scène séduisante n'a jamais suscité un amour d'ampleur.

Tandis que j'allongeais la liste des motifs de ma fuite, une jeune femme à l'allure timide surgit devant ma table et me déposa, confuse, un recueil de poèmes de Ronsard : *Les Amours*.

La jeune femme bredouilla des bribes de mots, puis décampa aussi vite qu'elle était apparue en me laissant seul avec Ronsard. Sidéré et charmé par l'inattendu de la situation, je restai quelques minutes complètement époustouflé par l'audace avec laquelle Alice avait dû missionner cette pauvre créature qui en semblait encore très troublée.

Ça me plaisait qu'elle enrôle des inconnus dans ses manèges pour me plaire, me déconcentrer.

J'ouvris le recueil et lus ces quelques mots d'Alice :

« Frédéric,
Il y a une part d'insoutenable dans le réel, dans la vie et dans l'amour. Il faut tout réinventer, tout

poétiser, tout sublimer pour que cela devienne supportable et tolérable. L'essentiel est de savoir vivre follement et d'aimer librement, de vivre librement et d'aimer follement.

Exigeons la folie. La folie d'un amour fou. Écoutons cet appel à la passion insensée. Cette exhortation à la démesure. Cette invitation à s'abandonner aux flux désordonnés et déréglés de nos esprits extasiés par l'ivresse et de nos orgasmes touchés par la grâce.

Il n'y a pas d'autre vérité que celle de la poésie. Il n'y a pas d'autre amour que celui qui aime parce qu'il aime, sans être renseigné de rien.

Alice »

Je jetais des coups d'œil autour de moi. Alice était-elle planquée quelque part dans ce café, dans la gare ? M'observait-elle à l'affût ? Se fichait-elle de moi ? Peu m'importait.

Alice m'invitait à ne plus vivre « en dessous de moi », comme elle disait. Mais pour de vrai. Sans lésiner sur le culot. À ne plus baiser avec parcimonie. À convertir mes romans en actes. À vivre pour de vrai.

Je restai sans souffle, exalté.

Sans prendre la mesure exacte de ce qui m'arrivait.

Sans deviner non plus comment elle pouvait taper aussi juste en ayant pour seule source d'information sur moi mes romans.

Qu'est-ce qui avait bien pu l'intriguer dans le tohu-bohu de mon profil ?

Abasourdi, j'ignorais encore que le moment le plus important de ma vie venait de survenir face à ce bouquin qui m'invitait à me repoétiser de fond en comble. À me hisser, moi le résigné, moi le cœur rabougri, jusqu'aux volutes du sublime. Rien n'importe plus que l'instant où un homme rencontre son semblable féminin, son coïncidant véritable, son miroir pur et revigorant, sa pleine Liberté.

Hélas, la vie survient toujours trop vite. L'esprit a alors du mal à s'accorder avec ce qu'il sent, flaire et encaisse. Nous sommes tellement habitués à vivoter dans le vulgaire, dans les demi-sentiments, tellement dévoyés de siroter du presque-rien. Je sentais que le sacré entrait dans les paroles de cette inconnue, que j'avais rendez-vous avec le plus intime d'elle. Que je ne devais pas me tromper d'interprétation. Qu'il me fallait la VOIR.

Mais où la retrouver ?

Je sortais du rail familier et complaisant de mes habitudes. Devais-je changer de tempo ? m'accorder au sien ? me laisser chahuter par mes émotions ? Ce désemparement heureux était déroutant. Je n'avais jamais laissé venir les choses à moi, j'avais toujours exigé au lieu d'écouter.

Seul dans ce café, je me mis à feuilleter le recueil de Ronsard que je connaissais par cœur. En dégustant ces vers, je songeai que rien n'était plus sexy que l'immensité d'Alice, plus érotique que son intensité palpable, plus sexuel que sa poésie. J'étais déjà amoureux d'elle.

Au fil des pages, je tombai sur un petit mot qu'elle avait glissé :

« Frédéric,
Abandonne tous les personnages de roman qui composent ton existence. Démissionne de cette vie ordonnancée comme dans une fantaisie littéraire. Bazarde cet écrivain à l'écriture chimérique. Accepte le risque de ne plus écrire pour vivre, mais de vivre pour écrire.

Mais es-tu prêt à entrer dans mon roman à moi ? Qui est la vie.

Es-tu prêt à admettre que l'union totale est l'unique forme de transcendance encore disponible dans un siècle où Dieu est mort ?

Alice
07 28 28 28 28 »

Toujours sa grandiloquence un peu agaçante, qui m'exaltait.

Son souffle était-il d'or ou de pacotille ?

Son cœur avait-il réellement le talent d'intensifier la vie ? de la rendre fulgurante ? Était-elle une véritable maîtresse du vertige capable de m'infuser de fortes doses de frissons spirituels ? Avais-je affaire à une consommatrice d'émois ou à Ondine* elle-même ? À un éventuel bon coup ou à l'Irremplaçable qui me recommencerait de fond en comble ?

---

* Héroïne de Jean Giraudoux, véritable amante de l'amour.

La question restait pour moi cardinale. Un homme sans amour fou n'est qu'une parcelle de lui-même, une simple esquisse.

5

Mon premier SMS fut pour me rassurer. Je lui demandai où me rendre pour la rejoindre.

Alice me répondit :

« Loue une voiture.
Adresse : Loc'ar, gare Saint-Jean
33000 BORDEAUX »

Pourquoi ai-je accepté ce jeu débile ? D'ailleurs, s'agissait-il d'un jeu ? S'amusait-elle de moi ? Peut-être parce que j'étais le parfait zozo manipulable par une femme, tant j'espérais rencontrer l'inespérée. Tout mon être physique et métaphysique y aspirait.

À peine dans la voiture, j'envoyai un nouveau SMS à Alice :

« Où dois-je aller ? »
Elle me répondit aussitôt :

« En sortant du parking de la gare,
file toujours tout droit,
puis suis le premier panneau AUTRES DIRECTIONS. »

Cette fille était tarabiscotée, sans doute une timbrée évasive, mais inventive. Et ça me plut. J'aime les fuites dans l'aventure et les charmes de l'impondérable. Je me laissai donc embarquer dans cette folle expédition dictée par les caprices de son imagination. Qu'avais-je à y perdre au fond ? Puisque rien de tout ce que je vivais n'atteignait mon utopie sentimentale.

Je démarrai en faisant crisser les pneus, roulai sans freins deux brefs kilomètres et tournai à gauche en suivant, comme elle me l'avait indiqué, le panneau AUTRES DIRECTIONS. Autre SMS. Alice me pria de rouler encore au moins dix-sept kilomètres, puis de suivre le panneau AUTRES DIRECTIONS. Me prenait-elle pour un con définitif ?

Je m'exécutai, pénétrai au petit bonheur dans le Bordelais en tâtonnant un peu la route et en me demandant où diable menaient ces autres directions enchaînées et si je faisais bien de lui faire confiance. Trois fois encore, Alice me fit obéir à d'autres panneaux AUTRES DIRECTIONS, jusqu'à m'en donner le tournis. L'envie de la fesser se précisa en moi. Alice devait aimer frénétiquement les panneaux AUTRES DIRECTIONS, ces lieux de rendez-vous avec l'inconnu, ces points de rencontre entre tous les possibles. Sa vie devait ressembler à un tel panneau.

Il se mit à pleuvoir dru. La route semblait disparaître au fur et à mesure que j'avançais. Et ma conduite devint de plus en plus périlleuse.

Était-il raisonnable de me diriger ainsi à l'aveugle ? Alice désirait-elle que je m'échappe de ma petite vie en profitant de la force centrifuge de tous les ronds-points de France ? Que j'aille voir l'univers et ses alentours pour revenir plus riche vers elle ?

Alice me laissa seul, perdu dans la nuit, au bout du bout de la presqu'île du Cap-Ferret. Là où la terre finit. Sur cette extrême pointe où règne le tumulte des flots. Plus de réponse au terme de ce marathon surréaliste. J'insistai, mais Alice s'évapora. Affreux silence. Étais-je fou d'être là, au milieu de la tempête rageuse ?

Que me voulait-elle ? Se payait-elle réellement ma tête ? Une colère sourde me gagna, fit cogner mes tempes. Un vrai coup de rage. Ça suffisait de m'embobiner. Mon ego écorné se rebellait. Comment avais-je pu être assez tarte pour faire confiance à une fille pareille ? Une timbrée qui associait à la ferveur le goût de la farce et de la manipulation. Qui me perdait volontairement au bout du monde. Qui s'était jouée de ma naïveté. Qui m'avait cru assez hanté de rêves élargis pour abuser de ma puérilité. Qui méritait une punition déplaisante, pas la délicieuse.

C'est tellement couillon un homme assoiffé d'absolu, tellement naïf. Ça ne demande qu'à s'élancer pour empocher sa ration de fièvre ! Ça repique toujours dans la connerie. On peut lui faire faire n'importe quoi !

Sous la pluie devenue horizontale tant le vent était décidé, dans le faisceau de mes phares, j'aperçus soudain un homme voûté sous l'effort. Coriace et élégant dans des hardes d'aspect militaire, il luttait contre la tempête pour désembourber un camion.

Je baissai la vitre :

— Je peux vous aider ?

— Merci, c'est gentil. La grande marée va emporter la pointe du Cap si on ne renforce pas la digue tout
de suite en déversant ce chargement. Faut faire vite.
Le coefficient est costaud ce soir.

— OK, j'arrive.

L'océan mugissant était tout proche. Vacarme des
vagues qui hachaient la côte, la pilaient.

En l'aidant au plus vite à disposer des rails élargis
en acier pour tirer d'affaire son puissant camion, je
compris, par ses bribes d'explications lâchées entre
deux bourrasques énervées, que cet homme avait
entrepris depuis des décennies de lutter seul contre
les courants marins en étayant une digue qu'il entrete-
nait à ses frais, pour préserver la vie dans la presqu'île
de son enfance, une digue qui avalait tous les gravats
des chantiers de démolition de l'agglomération de
Bordeaux et qui tenait depuis trente-cinq ans. Bâtie
et rebâtie à force d'être broyée par les courants atlan-
tiques, elle défiait la fatalité.

— Qu'est-ce que vous foutez là, à cette heure-ci ?
me demanda l'homme, une fois son camion vidé dans
l'océan, tout au bout du bout de sa digue.

— Je suivais les panneaux AUTRES DIRECTIONS…

— Autres directions…, répéta-t-il, goguenard.

— Depuis la gare de Bordeaux.

— Pour de vrai ?

— Oui, une femme me l'a demandé.

Sans doute étais-je tombé sur le seul type qui pouvait
comprendre l'insensé sensé de ma conduite, le merveilleux un peu taré de ma virée dans l'inconnu. Il était
si complaisant à mon égard, pas prompt à se foutre de

ma gueule, comme il aurait dû. Parce que Alice m'avait bien eu avec ses turlupinades, à me faire cavaler après des panneaux autour du bassin d'Arcachon.

Enchanté de mon infortune, Benoît m'invita à me sécher des embruns, à avaler une soupe chaude et à roupiller dans l'une de ses cabanes extraordinaires que j'apercevais dans l'obscurité pleine de tempête pour me remercier de mon aide salutaire.

Nous nous attablâmes dans une cabane étonnamment belle et robuste. Cet ancien jeune me servit un vin délicieux. Drôle de type. Son bavardage talentueux était un régal, mi-romain mi-frivole. Tonique, Benoît semblait avoir désinfecté sa vie de tout ce que le renoncement y verse d'habitude. L'avachissement national attristait ses rêves. L'animal était de ces irréguliers qu'on ne croise qu'en empruntant des chemins de traverse, de ceux qui jamais ne figurent dans des organigrammes. Son cerveau cultivé me parut un orchestre de qualité avec par instants des envols de philharmonique de belle ampleur.

Je lui confiai tout, mon heureux malheur depuis le Grand Hôtel, le petit volume de Ronsard inattendu, mon espérance, ma désespérance cette nuit. Comment j'avais été joué par une sacrée garce qui avait dû rire de mes docilités. Il me crut, écouta mes sentiments, s'enchanta de mes vitupérations et me dit en me tutoyant sans difficulté :

— Tu te goures, l'ami, tu es chanceux.
— Quoi ?
— Ta folle, elle n'est pas barrée.
— Pourquoi ?

— Je l'aime bien son petit jeu avec ses petits panneaux. Elle ne te fait pas tourner en rond pour te paumer. Elle ne se tait pas pour te tourner le dos. Range tes colères.

— Quoi ?

— Ton Alice se la boucle pour que tu l'entendes. Tu captes ?

— Non.

— Les femmes importantes, ça cause de mille façons. À nous d'écouter leurs silences, leurs inquiétudes bizarres, leurs désirs bien clairs pour qui sait attendre. Allez, au lit, on se pieute ! Si demain on se réveille, c'est que la digue aura tenu. Si elle pète, on sera tous morts. Dead. Game over !

En sortant, Benoît s'arrêta :

— Il y a longtemps, j'ai lu un de tes romans : de la pétarade qui en rajoute, trop poivré pour moi, mais des mots piaffants. Fais plus simple, l'ami. Tu veux te cambrer comme un héros amoureux, mais tu es trop chiqué pour ça. Entends-la cette fille. Vous commencez une tempête de bonheur, profite de tout ! Les silences de cette rigolote valent plus que les mots d'une réglo.

— Que voulez-vous dire ?

— Les femmes importantes invitent toujours à un vrai chemin… sans trop flécher le parcours. Elles ont des invitations subtiles, les bougresses…

— Pas très claires…

— Une nana qui fréquente Ronsard me semble super claire. Beaucoup plus claire qu'une explicite. Ton Alice te parle autrement. Qu'est-ce que tu veux d'autre ?

Ce Benoît noueux décampa, me laissant seul dans une cabane pensée par un menuisier virtuose, mélangeant les bois du coin parfaitement coupés et séchés, à peine éclairée. Alice avait-elle prévu que je rencontrerais ce bizarre ? Le vieil homme était étrangement de sa famille, de son format de cœur, aussi inadapté qu'elle au raisonnable. Notre conversation me sembla voulue, presque provoquée. À moins qu'en suivant les panneaux AUTRES DIRECTIONS, on ne finisse toujours par croiser ceux qui les suivent, les adeptes de la grande liberté qui traînassent dans les chemins de traverse. Cette idée seyante me réconforta, acheva de me réchauffer. J'en avais besoin.

Était-ce pour cela qu'Alice m'avait expédié au diable vauvert ?

Me vint alors à l'esprit, en me couchant, que ce lutteur déterminé à sauver son cap, ce gladiateur furieux contre les lames de l'océan, était l'image même de ce que doit être un type qui aime à pleins poumons. L'image de ce qu'on ne voit plus guère aujourd'hui : des hommes de plein exercice, des déterminés à ne pas rater le cœur. Des poètes de combat. Ceux qui n'existent pas dans les romans trop civils, mais bien dans les sillons du réel, ce grand écrivain aphone.

Au moment où j'allais éteindre mon téléphone avec l'espoir que la digue de Benoît tienne, je reçus un mail d'elle, une baffe allègre, un bréviaire existentiel :

« Frédéric,
L'excès de vraie vie t'a-t-il fait perdre la tête ?
En grand pourvoyeur d'histoires romanesques,

tu as toujours fui avec délectation la réalité et la fausseté de ta petite existence en nous offrant des romans d'amour illusoires. Tu es un faussaire. Tu t'es désengagé de ta peau pour te réfugier dans les artifices de tes personnages. Du mensonge imprimé.

Tu t'es contenté d'écrire des mots asséchés, en profiteur de ses courages, en usurpateur de sa liberté, en violeur de sa vérité. Il a couru des risques, tu encaisses les dividendes en sous-poète de ta vie, en amoureux de seconde main, en plumitif qui singe le courage.

Se perdre pour mieux se trouver. Partir à la conquête par soi de ce feu sauvage qui apporte la lumière dans l'obscurité.

Il fallait que tu t'égares loin de tes certitudes, que tu ailles voir ailleurs si tu y es. Que tu arrêtes de suffoquer dans ta vie ordinaire, dans une peau étroite et contrefaite qui ne te ressemble pas. Que tu cesses de vivre en apnée.

Sois toutes les autres directions. Réjouis-toi de n'être pas une ligne droite.

Récuse tous les conforts qui amollissent, en aristocrate de la perdition féconde.

Coïncide avec le déboussolé en toi.

Comment pourrais-je aimer un homme qui ignore que notre tête est ronde pour permettre à notre pensée de changer de direction ? comme disait l'autre, que l'amour sur rail est un blasphème contre la passion vraie et libre ?

Alice »

Je faillis défaillir. Alice n'avait pas tort. L'emmerdeuse. Je m'acclimatais à mon futur néant. Mes boussoles internes m'égaraient sur des chemins trop balisés.

Elle savait surtout le dire à mon cœur sur un ton qui me ramenait à l'homme libre que j'aurais dû être. Fréquenteuse de routes non cadastrées et de pistes secrètes, cette improbable me recollait dans l'axe. Cette Alice était puissamment elle-même, plus qu'elle-même. L'amour l'augmentait. Et moi, il me faisait quoi, l'amour ?

En relisant sa lettre, je compris qu'elle n'était ni folle ni manipulatrice. Elle m'avait envoyé vers ce Benoît qui n'hésitait pas à contrer la force de l'océan, ce professeur d'impossible dans la vraie vie et non dans un songe. Je l'avais prise pour une escamoteuse excentrique, je la découvrais éprise de liberté et pourvoyeuse de rencontres élargissant la vie, ma vie.

Depuis quand ne m'étais-je pas extrait de mes ornières mentales, de mes habitudes, du sillon glaiseux du raisonnable ? Depuis quand n'avais-je pas perdu un peu de ce temps précieux grâce auquel on gagne son être ? J'appartenais au temps utile, au temps quadrillé des grandes personnes, au temps monétisé et non versifié d'Alice. Benoît et sa digue m'avaient redonné le goût du courage timbré, du temps dédié au désorientement.

Comment apprivoiser un grand amour fécond si l'on esquive ce temps-là ? Comment diable se laisser rejoindre par l'intelligence secrète de la vie si on ne la laisse pas agir en lui en laissant le loisir ?

Mais en attendant, nom d'une pipe en bois, Alice n'était pas là. Et j'étais seul au bout du monde.

6

Avant de rentrer à Paris, j'entrai dans une librairie de Bordeaux. Les volumes joliment distribués sur une volée d'étagères offraient au regard l'illusion d'un horizon sans limite, ouvrant le champ à toutes les rages, extases ou réflexions. Au plafond, des paroles d'auteurs connus et inconnus happaient les pensées des clients. L'ensemble était charmant, mais vieillot.

J'avisai la libraire. Une femme courte à la beauté dégradée. Un profil sec, une tête haute, agressive, dressant un menton péremptoire :

— Quoi ?

— Auriez-vous un exemplaire des *Amours* de Ronsard ? lui demandai-je en lui tendant mon volume amputé.

— Dans cette édition ou une autre ? fit-elle en regardant sévèrement mon livre.

— La même. Il manque des pages au mien.

La libraire soupira et s'en alla chercher le petit volume avec irritation. Il y a des gens que l'amour indispose.

Je voulais me remplir des poèmes qu'Alice avait arrachés. J'espérais la lire en creux dans ces pages manquantes, comprendre dans quelle féerie trempait son esprit. Souvent, la poésie élue possède le meilleur d'un être.

Je feuilletai vite l'exemplaire neuf et tombai sur ces vers :

Amour est sans milieu, c'est une chose extrême
Qui ne veut, je le sais, de tiers ni de moitié.

Tout Alice y était.

Tout son sublime qui me touchait et, en même temps, me paraissait excessif. Comme si j'avais eu peur du lyrisme de mes vingt ans, l'angoisse obscure d'y retourner.

Par cette page arrachée, par ces vers manquants volés à Ronsard, nous coïncidions.

Mon étoile filante était bien l'enfant de cette délicatesse, de ce monde de démesure et de merveilleux, pas de celui, rapetissé, crapoteux et décharmé, où les êtres s'obsèdent de leurs impôts, gobent leur ration de journal de 20 heures et songent au contrôle technique de leur voiture.

En marchant vers la gare Saint-Jean d'un pas ailé, je pensai sans rire, soudain, que rien n'est plus important qu'une femme qui vous fait participer à l'immense d'elle, à sa réalité poétique. En agrandissant votre propre vérité, en illimitant votre liberté. J'y pensais avec une légèreté sentimentale qui m'avait oublié depuis mes vingt ans.

Mais que lire de ses jugements hâtifs ? De cette fille qui menait sa vie en se gardant de veiller au confort de mon cœur ? Comme si seules ses exigences l'avaient intéressée.

Alice était sans conteste un troublant spécimen d'oxymore humain : égocentrique généreuse, amoureuse à sang-froid, calculatrice ingénue, mélancolique enthousiaste, brûlante fuyante, concentrant sur sa personne tant d'élans contraires que je ne la goûtais que davantage. Beaucoup plus complexe que toutes mes héroïnes réunies.

Dans le train, je la lus encore à travers les pages qu'elle avait déchirées, conservées, sans doute les plus aimées. Ronsard me la restituait, faisait le portrait de son cœur, me donnait le diapason de son intensité :

Mais la fièvre d'amours
Qui me tourmente,
Demeure en moi toujours,
Et ne s'alente.

Tandis que j'arrivais à Paris à la gare Montparnasse (Alice me suivait-elle ? Était-elle dissimulée dans le train ?), un SMS d'elle me sortit de ma rêverie pour m'y replonger. Cette fille portée à l'exagération faisait de moi un gisement d'enthousiasme avec ses idées bizarres, sorties du chapeau de sa fantaisie. Voulait-elle faire de notre vie un film aussi fantasque que romantique, un syncrétisme de pâmoisons, de battements de cœur et de moments désarçonnants ?

Enfiévré, je lus son message :

« Frédéric,
Connais-tu l'île de Berder ? Près de Larmor-
Baden, dans le golfe du Morbihan. Quelques hec-
tares de perfection.
Je nous y donne rendez-vous samedi à 18 h 35.

Alice »

Quel dessein se cachait derrière son idée ?
De quel projet son cœur s'était-il entiché pour me
proposer l'isolement au paradis ?
Bordel de merde, je rentrais tout juste d'un périple
au fin fond du Sud-Ouest et, à peine arrivé, elle
relançait les dés et me renvoyait à l'autre bout du
pays. Pourquoi me faisait-elle cavaler comme ça ? Ne
laissait-elle aucun temps de repos à mon âme ? Pourquoi rallumer sans cesse mes élans ?
Alice me réécrivait sans cesse au lieu de subir mes
idées. Et le roman dans lequel elle m'invitait avait
d'évidence plus de saveur et d'authenticité que les
miens. Gauchère inadaptée au monde des droitiers,
elle nous voulait apôtres du spasme perpétuel, ne
sortant jamais des étourdissements derrière lesquels
j'avais cavalé plus jeune et que j'avais crus réservés à
mes héros. Alice n'avait pas écrit ces mots avec légèreté : « Il faut tout réinventer, tout poétiser, tout sublimer pour que cela devienne supportable et tolérable.
L'essentiel est de savoir vivre follement et d'aimer
librement, de vivre librement et d'aimer follement.

Exigeons la folie. La folie d'un amour fou. Écoutons cet appel à la passion insensée. »

Elle le désirait vraiment, ne désirait même que cela. L'impossible était son octave.

Je lui répondis aussitôt :

« Qui me dit que tu ne te joueras pas à nouveau de moi ? Que tu seras là ? »

Elle répliqua :

« Tu le sauras. »

Je souris. Je parlais avec des mots, elle s'exprimait par des sentiments. J'attendais des actes, elle fomentait des moments de présence intense. La fatigue d'être soi m'avait rongé, la fougue de n'être que soi l'incendiait.

Qu'allais-je faire de cette allumée déconcertante ?

Reste que j'avais tout de même une vie réelle.

Autant dire un combat.

7

À Paris, le soir, je retrouvai mon perroquet vénézuélien, ma note de gaz impayée, le Franprix de mon
quartier, un rappel de P.-V. et ma compagne Nathalie,
que rien n'assouvissait.

Dans la cuisine, Alfredo m'agonit d'injures dès
qu'il m'aperçut :

— Petite bite ! Sale rat ! Sale raton ! Minus, minus,
minus ! Petite bite ! Pov'mec ! P'tit raté, p'tit raté !
Pov'mec !

Je voyais bien que Nathalie se délectait de ces bordées qui me diminuaient, me ratatinaient, comme si
elle se délectait de déléguer à Alfredo l'expression
abrupte de ses rancœurs. Son front plissé indiquait
que «madame verre à moitié vide» était, comme souvent, d'humeur fumasse. Quand Alfredo se fut calmé,
Nathalie embraya en rogne :

— Tu comprends, le problème avec toi, c'est ce que
tu es, c'est plus grave encore que ce que tu fais, ou
plutôt que tu ne fais pas.

— Qu'est-ce que je suis ?

— Pas sécurisant du tout. Pour moi, aimer c'est
protéger. Pourquoi devrais-je accepter de vivre avec

un homme qui se fait plumer par son ex ? Un mec qui bosse pour une autre ! Un mec absorbé par sa vie d'avant ! Pourquoi devrais-je accepter ça ?

— Heu… peut-être ne devrais-tu pas l'accepter…, soupirai-je, épuisé par ces assertions débiles.

— Oui, nous avons un problème. Et le problème avec toi, c'est que…

— Le problème avec moi ? repris-je avec ironie.

— C'est que tu ne vois même pas qu'il y a un problème ! Et tu voudrais que j'accepte cette situation, m'imposer ton incapacité à dire non à ton ex, à faire valoir tes droits. Oui, me l'imposer. Comment je pourrais désirer un homme qui se fait maltraiter en réglant une telle pension, hein ?

— Peut-être ne faut-il pas t'infliger une telle situation… aussi infernale, pénible et odieuse.

Tout à sa rage, elle ne perçut pas mon ironie et explosa :

— Et comment je fais, hein ? Alors que j'ai un retard de règles de dix jours ?

— Dix jours ?

— Je crois que je suis enceinte.

J'en eus le souffle coupé.

— Tu crois ou tu es sûre ?

— Je crois.

— Fais un test, on le saura.

— Le problème avec toi, c'est que tu crois tout ce qu'on te dit ! Tu t'imagines qu'un labo est crédible parce qu'ils te vendent un test ! Comme tu crois ton avocate parce que c'est « une grande avocate » ! Et tu dévalorises ma parole. C'est toujours ma parole que tu dévalorises, la parole de la gueuse qui, elle, est censée ne rien savoir, alors que les gens de ton monde, eux, savent tout ! FORCÉMENT !

— Écoute, ça devient compliqué de parler avec toi… Tu prends tout sur le ton de l'humiliation.

— NE ME COUPE PAS LA PAROLE ! hurla-t-elle. JE N'AI PAS FINI ! Le problème avec toi, c'est que TU ME COUPES TOUT LE TEMPS LA PAROLE ! Je ne peux jamais aller au bout de mon raisonnement et faire valoir mes arguments ! JAMAIS !

Alfredo reprit :

— Minus, minus, minus ! Pov'mec ! Petite bite ! Petite bite ! Sale rat ! Sale raton ! P'tit raté, p'tit raté ! Pov'mec !

Effaré, je refermai la porte et me plongeai dans les dossiers administratifs que Nathalie m'avait préparés, mis à jour et mitonnés avec un art inouï de la relance pour obtenir un document de la Caisse d'allocations familiales, un délai de paiement à ma Caisse d'assurance vieillesse, une confirmation du fisc afin de me garantir contre le moindre risque de redressement. Nathalie était un catalogue de solutions contre la marée paperassière qui, année après année, ensevelit le citoyen éberlué.

Depuis notre rencontre, elle remettait inlassablement de l'ordre dans mon désordre, me désirait quasi-rond-de-cuir, très fonctionnaire épanoui, en règle tatillonne avec la social-bureaucratie.

8

Le samedi, las du feu roulant des griefs de Nathalie qui refusait encore de faire un test de grossesse, je résolus de mettre les voiles. Trop, c'était trop. Était-elle vraiment enceinte ? De moi ? Cette perspective me retournait les sangs. Envisager l'avenir emprisonné aux côtés de cette agitée du bocal relevait de la damnation. Vétilleuse, elle avait le génie de me bloquer quoi que je fasse, dise ou désire. Certains caractères rancuneux et tatillonneux ne s'épanouissent que dans le chaos et la chicane, ne se détendent que dans la persécution virulente de l'autre. Un fort ratio de colères semble les apaiser.

Il me fallait écouter le retour de la vie, débrancher la folie sombre de Nathalie. Et tromper sa surveillance, car elle s'inquiétait énormément que je lui échappe. Sa joie obscure était de me garder dans ses parages pour me les briser menu.

En chemin vers les bleus de Berder, je reçus un courrier d'Alice. J'en restai rafraîchi, provoqué, requinqué.

« Frédéric,
Pourquoi une île ? Parce que le silence fracassant

de la solitude, l'agitation assourdissante de la mer, le mouvement bouillonnant du vent, le plein du vide. C'est sur cet îlot que très tôt j'ai fixé mes ambitions de cœur à une certaine altitude et décidé de n'en jamais rabattre. C'est une île en moi. Je n'ai jamais été une autre que moi sur cette réserve à silence, comme si elle contenait une force supérieure qui avait senti que mon cœur était capable de sensations et d'émotions dignes de tornades, et qu'elle avait décidé de m'offrir des bourrasques de poésie et de folie. De liberté et de vérité.

On ne s'offre pas de manière intégrale et véritable sans risque. Le risque d'être médiocrement interprété. Car, après tout, il ne s'agit que d'interprétation et de représentation. Le risque d'être faussement compris. Le risque d'être amèrement jugé pour ses vérités. Le risque d'être publiquement lapidé au regard des convenances et de la bienséance. Le risque d'être délaissé par ceux qu'on pensait dévoués.

Mais aussi le risque de coïncider avec soi. De ne plus s'esquiver. De ne plus se raturer. De ne plus s'altérer. De vivre.

Et surtout, le risque d'être enfin trouvé et accompagné dans les moindres retranchements de sa vérité et de sa liberté.

Je suis et j'aime avec une intensité et une liberté rares.

Avec toi, nous ne pouvons plus nous contenter d'un brouillon de passion amoureuse.

Es-tu prêt à courir tous les risques de l'extrême

soi ? à recevoir toute l'immensité et l'intensité que j'ai à t'offrir ?

Es-tu prêt à plonger dans mon roman à moi ? Qui est la vie.

Alice »

9

En déboulant dans le golfe du Morbihan, ce lagon gris constellé d'îlots verdurés, je rencontrai des difficultés à trouver Berder parmi les remous marins et le chaos de roches émergées dans les courants.

Il faisait tiède, nous entrions dans une soirée infiltrée de soleil. Loin des pollutions de l'air du temps parisien où chacun s'échappe de soi dans des existences absentes, des vies bûcheuses où l'amour a mauvaise mine.

Comme Alice, je ne désirais vivre que de cela, d'amour passion, et surtout réchauffer mon cœur. Armé d'un désespoir dont la jovialité déconcertait, je voulais essayer le bonheur. Et me désincarcérer de mon absence.

Mais Alice était-elle réellement capable de déployer une intensité du vécu dont je n'avais pas idée ? Et de m'initier à la possibilité de vivre sous perfusion de poésie ? Ou cette fille n'était-elle qu'une admiratrice rusée, désireuse de se taper un plan fantasme avec son auteur favori ?

Un ange habitant le plus beau ciel ou une greluche ? Pour la première fois, je me sentais disposé à entrer dans la religion de la grande fidélité amoureuse, à goûter cet absolu libérateur. Si Alice était bien l'Irremplaçable que j'espérais, j'avais envie de ne plus gêner la vie à ses côtés, de me fier à son intelligence cachée, à tout ce qu'elle procure d'éblouissant quand on ne l'entrave plus.

De première nécessité, il me fallait quelqu'un à aimer.

Ne plus tourner à vide.

Et en acceptant de venir à Berder, j'avais accepté qu'Alice fracture ma vie pour s'y installer. Peut-être parce que mon ironie enkystée, ce bouclier contre l'amertume, m'avait conduit dans le fossé, dans des amours dégradées, piégeantes et déboussolantes. Nathalie et ses jeux dominateurs n'étaient que la dernière version de cette déroute, étirée sur dix années. Et puis, qu'a-t-on à gagner à se terrer dans le blockhaus de ses habitudes mentales ?

Non loin de Larmor-Baden, Berder surgit devant moi. Un îlot auquel on n'accédait qu'à marée basse. Après un long passage au gué, vers 18 heures, j'entrai dans l'île désertée par les hommes.

Face à l'océan rugissant, je m'arrêtai quelques instants, fixai mon téléphone et, Dieu seul sait pourquoi, le lançai brusquement dans la mer. Tous mes rendez-vous y étaient notés, l'intégralité de ma vie quadrillée d'auteur. Tous ceux qui s'adressaient à mon moi falsifié y étaient consignés. Nathalie incluse. Mes mails, mes messages, mes réseaux, mon agenda, tout fut englouti dans les flots qui s'agitaient de remous bleus.

Sans que je sache pourquoi, cette attirante me donnait envie de me décrasser de mes réflexes, d'essayer la vie autrement.

Sans trop comprendre quels ressorts m'avaient amené à me séparer de mon téléphone, je m'insinuai dans les sous-bois à la végétation méditerranéenne inattendue sous ces latitudes. Une forêt ajourée de pins. Une réserve de silence profond. Un concentré de paix. Le rivage abrité n'était pas torturé par les vents horizontaux du grand large ni brûlé par les embruns.

La marée monta vite, eut des nervosités de surface, écumantes. Je m'aperçus soudain qu'elle avait coupé ma retraite.

Je ne pouvais plus fuir. J'étais prisonnier au milieu des résineux majestueux, des palmiers flexibles, un décor quasi colonial à l'abandon, ponctué de rares bâtiments anciennement luxueux. Tout avait été oublié des hommes.

Au loin, une présence légère et furtive. Je m'enfonçai aussitôt dans les terres sablonneuses, parmi des taillis éclaircis. J'étais cerné de plantes du Sud enchanteur. Régnait un air léger presque immatériel, à peine breton.

Je respirai sur un rocher sauvage avec vue sur le courant de la Jument, un flux marin d'une force amazonienne, impensable en Europe. La Jument brassait une mer épaisse, tavelée de remous. Cette force maritime nettoyait tout, ce muscle ample et liquide était visible depuis le sous-bois dans le crépuscule safrané. Au loin, les îles esseulées du golfe, bordées de plages solitaires et saisies par les lumières de la montée du soir. Pris dans la quiétude, j'entendis la voûte liquide des rouleaux qui s'effondraient à l'entrée du golfe.

Le silence obstiné achevait de me désorienter.

Plus moyen de recouvrir le réel de sensations falsifiées, de mots drapés d'importance, de faux-semblants lustrés. L'overdose de sensations brutes me sembla d'abord déplaisante, puis au fil des minutes, je me sentis bizarrement propriétaire de mon être et non plus locataire, comme ajusté à mon corps, bien accroché à mon squelette, disposant d'un épiderme en contact avec l'air autour de moi. C'est si étrange et déconcertant de ne plus être une absence réelle.

Un rocher élevé surgit enfin devant moi.

J'y grimpai, fonçai vers le ciel.

Tout en haut, des îles à l'infini.

Je fus brusquement saisi de flatulences, assailli de pets immondes qui libéraient mes boyaux tendus, en contraste absolu avec la pureté sentimentale qui m'enivrait. J'éclatai de rire. Comment la vraie vie pouvait-elle mêler à ce point l'illimité et le trivial ? le vulgaire et l'épuré ?

J'avais dû boire trop de cidre. Et ma tripaille me rappelait que je n'étais pas qu'une âme.

Je baissai les yeux et découvris Alice en contrebas. Elle nageait nue au milieu d'une anse claire. Je la contemplai. Elle m'apparut parfaite et torridement femme. L'eau révélait sa beauté amphibie plus qu'elle ne la cachait. Je la sentais possédée par le frémissement qui animait sa plastique fluide, par l'intensité sourde de la nuit, comme ensauvagée par sa baignade. Un bref regard d'elle me traversa et me fit sentir qu'elle savait que je l'observais. Moi en haut, elle en bas, nous étions désajustés. À l'angle d'un cap, elle disparut.

Je dégringolai du rocher, rejoignis le sol.

Nageait-elle encore ?

Je me retrouvai isolé.

J'entendais la mer assourdie par les massifs de bruyères qui capitonnaient l'île. Je n'étais plus enclavé dans mon temps personnel, je dérivais dans le temps flou de l'île, celui d'Alice.

Au bout d'un moment qui me parut long, j'aperçus un feu qui crépitait, sans doute allumé par Alice. Qui d'autre aurait pu en faire un ? Je m'approchai, tandis que la nuit commençait à tomber. Personne.

Près du feu, je trouvai posés sur un grand rocher un cahier et un stylo. J'y lus ces mots :

« Frédéric,

Écris sur des bouts de papier les mots dont tu ne veux plus dans ta vie.

Les mots de trop. De pas assez. Les trop vides. Les pas assez pleins.

Puis brûle-les. Qu'ils disparaissent à jamais de cette île. Et de toi.

Alice »

Ma poétesse recommençait avec ses délires ritualisés.

Après tout, pourquoi pas ?

Qu'avais-je à gagner à résister à sa requête alors

qu'auprès d'elle tout était dévulgarisé, décalcifié et embelli ? Alors que je dépérissais, je m'étiolais en face d'une négative conflictuelle et furibarde qui me menaçait d'une grossesse indésirée ?

Je m'accroupis et traçai quelques mots :

tolérance excessive – gentillesse débile
mise en scène – vie trop publique
pour elle pas pour moi – contorsions de la morale
s'oublier trop
péter en buvant du cidre
écrire au lieu de vivre – frénésie sotte
factice souvent – vide
compliqué con – gravement inattentif
pressé pas là – mensonger –
trop trop
disharmonieux – comédie littéraire

Je déchirai la page en petits morceaux pour isoler chaque mot. Le vocabulaire à saquer de ma fausse vie était là, épars sur le sol sablonneux. Et je balançai tout dans le feu.

Les mots de trop disparurent en fumée. Au revoir *mensonge, disharmonie, trop, pressé, comédie littéraire.* Payez-vous ma tête, je m'en contrefiche, la vérité est que je me sentis aussitôt plus léger. Bizarre comme les mots trimbalent plus que leur sonorité. Je me sentais plus prêt à me donner avec ferveur à ce que je vivais et allais connaître.

Dieu seul sait pourquoi, bien arrimé sur le sol de Berder, en contact avec cette terre sablonneuse, enfin au niveau d'Alice, j'eus envie de m'écrire une lettre à moi-même, une lettre à la bêtise de moi, à ce cœur imbécile que je n'avais fait que frôler en publiant trop. La page blanche me fixait, regardait au-dedans de moi, profondément. Les mots coulèrent. Ma main tenait la plume :

« Frédéric,

J'ai longtemps su qu'il y avait en toi quelque chose qui n'est pas toi et qui est beaucoup plus précieux que toi : ta capacité d'amour. Mais tu ne l'as utilisée qu'en absent, en visiteur furtif de ta vie.

Tu as toujours trop parlé d'amour, parlé l'amour au lieu d'être l'amour. Et d'être parlé par l'amour.

Ne t'intoxique plus de grands mots ou à l'illusion de bonheur, tâche d'être heureux.

Quitte tes intentions trop bruyantes, ne veux plus rien de défini.

Laisse venir.

L'ample, l'amour absolu peut-être.

Attends. Quoi ? L'inattendu.

Espère. Quoi ? L'inespéré.

Donne. Quoi ? Ce qu'on t'offrira.

Cherche. Quoi ? Ton plus beau ciel. Rien de plus. Pas moins.

J'ai toujours vu que tu menais la vie des autres au lieu de gambader dans la tienne, de caracoler dans tes propres besoins. Absente-toi de l'existence des autres qui te siphonnent. Découvre le goût délicieux de ton illimité, celui que tu as à offrir à une femme.

J'ai toujours senti que tu avais trahi éhontément l'enfant en toi en ne croyant plus, au fond, à la poésie du presque-rien, du petit signe, du très léger, d'un battement de cils porteur d'émotion. Fuis l'illusion de l'excessif. Quitte le *trop* de ta vie. Le *trop* de tes idées trop fixes. Le *trop* de tes projets tonitruants. Le *trop* de tes émotions. Divorce d'avec le *trop*. Tire-toi vite du *trop*.

Tu as toujours mensongé ton existence, de peur de la voir en face, avec sa mauvaise mine. Signe un pacte avec la vérité pleine et entière, fût-elle amère. Sous ce pavillon-là, voyage vers des instants de lucidité et de joie pure. Botte le cul à ce qui te sépare de l'instant.

Tu as toujours réclamé aux femmes de remplir ton vide intérieur, à l'amour de peser lourd car ton être était trop léger, à la présence réelle des autres de suppléer à la tienne, très irréelle. Remplis-toi, expulse le vide de ton âme.

Tu as toujours forcé le temps au lieu de l'aimer, brutalisé le rythme des autres au lieu de danser avec ceux que tu dis aimer. Si elle recule, recule. Le tango sait tout de l'amour fou.

Deviens léger, pas frivole.

Tu as aimé trop de séductrices pour combler ta vacuité. Reste seul un peu et dis sans mots "C'est toi", avec la légèreté d'une plume. Sans peser de toi. Offre-lui une sublime non-déclaration d'amour, d'immenses silences d'amour. Attends l'évidence, l'heure où ton retrait lui laissera l'espace d'aimer. Aie le geste ténu, invitant. Pas plus.

L'immense gît dans le presque-rien.

Flotte plutôt qu'appuie.

Tu as toujours été emprisonné dans tes croyances amoureuses ronflantes, ligoté dans tes rêves. Séjourne dans l'incertitude. Espère l'incroyable, l'insensé qui vient, le foudroyant, le non-attendu… Glisse vers le chamboulement de toutes les règles.

Ne limite pas l'intelligence de la vie en l'obstruant par tes désirs… Quitte tes pensées, deviens ton cœur… et rejoins les viviers d'âmes fortes, loin du Flore et de tes territoires connus.

Change pour que celle qui sera ta femme soit tout autre avec toi, laisse-lui la place d'être différente… et sublime. »

Je posai la plume.

Quel bonheur de s'immoler à ce qu'on voudrait être, et puis de raturer le vif de soi pour être autre chose que son caractère calcifié, de trouver enfin sa malléabilité. Ah, délice d'écrire ce qu'on imaginait ne jamais penser ! Je venais de m'alléger de ma goguenardise, de bousculer clôtures et barrières de l'ironie et de m'échapper de mon périmètre. La vie se glissait dans ma peau libre. Peut-être que la subversion de l'amour naissant, celui qui recompose, est ce qui nous empêche de devenir la vieillesse du monde ?

Je relus avec sidération cette lettre à moi-même et songeai qu'une scène pareille n'aurait jamais eu lieu dans mes petits romans de trublion de l'amour. Mes héros regardaient toujours à l'extérieur, rarement au-dedans.

Alice et moi étions sans doute prévus pour plus d'éventualités que ce qu'elle avait prévu.

Alice apparut derrière un arbre, avec cette gravité souriante qui rendait sa beauté légère. Rhabillée à la hâte, salée, elle avait quitté son masque de mélancolie.

Lorsque je refermai le cahier, mes yeux désaveuglés croisèrent les siens. Il se produisit alors un miracle de quelques secondes. Alice me fixait avec avidité. Ce contact oculaire ne ressemblait à aucun des regards que nous avions échangés jusqu'ici. C'était un éveil à autre chose, une initiation à un univers jamais connu : nous, peut-être. Je la regardai avec minutie, comme on regarde une femme pour la première fois. Le silence me rendait le goût du détail invisible. Les presque-rien de sa physionomie me touchèrent. Immobile et me dévisageant longuement, Alice me fit l'effet d'un verbe. Cette jeune femme n'était pas un nom, mais une action. Pas un corps, une respiration. J'eus l'envie de me synchroniser sur son souffle et, peu à peu, me sentis confortable dans le ressac du sien. Elle ralentit ses poumons, tempéra les miens. Nous nous réglâmes enfin, comme par mégarde, sur la respiration apaisée des vagues qui venaient mourir sur la plage toute proche. Le feu nous éclairait, la lune très ronde flattait son éclat.

Nos yeux se fixèrent.

Cette femme pensait les pensées les plus longues et prenait les chemins les plus courts.

Elle s'approcha de moi, me sourit.

Allait-elle m'embrasser ?

Je la respirai. Elle sentait l'île sauvage, les fleurs alentour qui exhalaient leur parfum fort, le sel marin.

Sa main saisit doucement la mienne, me communiqua je ne sais quelle chaleur féminine, quelle fébrilité ébahie, dont je sentais mon corps ému. Elle serra tendrement mes doigts. Une seconde, quelques instants, je ne sais combien de temps cela dura.

Enflammée, elle me contempla, les yeux humides, profonds, agités d'une lueur chaude. Elle criait silencieusement sa joie de me sentir autre, intime de moi. Je n'arrivais pas à rompre l'ensorcellement qu'elle exerçait sur moi. Un sentiment étrange, joyeux, me secoua.

Avions-nous enfin, tous deux, l'âge de déraison ?

La belle Alice me lâcha enfin et remit du bois en tisonnant la braise. Son inattendu me sécurisait. Des volutes d'étincelles jaillissaient entre elle et moi. Le silence nous faisait concorder, je coïncidais avec moi, avec elle.

Flottant de bonheur, nous sûmes alors que tout était parfait de légèreté, de simplicité, sans que le moindre mot encadrât cette sensation dense, fulgurante, prodigieuse. Extraordinaire. Muets, nous sentions bien que les termes usés sont des pièges entre un homme et une femme. Ils délimitent l'amour au lieu de le rendre insensé, volcanique, dépressurisé, fou, absolu.

Les instants les plus purs semblent irréels car nous sommes intoxiqués de faux-semblants, d'ersatz de sentiments. L'intelligence de la Vie venait de nous dénicher, de nous ramener au bercail de notre poésie commune. Insensée, solidement barrée.

Sûre de sa beauté invincible, Alice s'avança vers moi. Avec la certitude qu'elle allait se glisser dans mes bras. Toute l'intensité avec laquelle nous avions communiqué appelait cet accueil.

Elle tenta alors de m'embrasser.

Je reculai.

À nouveau, Alice approcha ses lèvres et je reculai. Une envie de suspendre l'instant.

Heureuse, elle ôta son tee-shirt, resplendissante. Avec une liberté qui signait son être.

Sa chevelure dévala sur ses épaules nues.

Ses seins menus, globes parfaits, s'offraient.

L'amour nous roulait, nous chamboulait.

Ému, je songeai tout à coup qu'une vie sans ce souffle chaud est tout simplement une erreur, une fatigue, un exil.

J'appartenais enfin au sublime d'Alice, à sa féminité absolue, à l'extraordinaire d'elle. Présent dans ma vie, je participais soudain à l'intime de la sienne. J'étais si heureux, dégrafé du besoin de m'échapper dans la littérature. Enfin fiancé au réel. Et certain que nous pouvions fuir loin du vampirisme mutuel que j'avais connu avec Nathalie et d'autres.

Mais j'eus l'intelligence – le mot est exact tant l'intelligence du cœur est la seule – de dire à Alice en rompant le silence :

— Je te dis non, parce que tu veux un amour qui n'est pas de ce monde, Alice.

Sidérée, le cœur battant, elle m'écoutait.

Je poussai plus loin :

— Tu te drapes dans des exigences énormes, dans ta soif de passion insensée ou de sexe sans contrôle pour te fuir. Le vertige permet ça. Comme mes romans illusoires. L'érotisme fou autorise ça aussi parce que Éros c'est la force atomique, mais c'est de la triche. Je te dis *non* aussi parce que c'est facile de trouver le sublime ici, à Berder, mais la vie n'est pas une île enchantée. Il faut apprivoiser le quotidien, le poétiser comme on peut sans l'éviter. On a tous deux mieux à faire que de s'enfermer dans l'illusion d'une île. Rater certains moments par exemple, avec humour, être au-dessous de nos rêves parfois, humains quoi. Change autant que moi, Alice.

Ahurie par ma dérobade, Alice se taisait.

J'ôtai ma chemise, mon pantalon, me levai nu et, dans la nuit profonde, entrai dans la mer pour échapper à l'île.

En lui disant *non*, je lui disais *oui* autrement.

Avec elle, je voulais une symphonie parfaite sinon rien.

Pris dans l'onde froide, je nageai à grandes brasses et songeai alors que toute pause, elle aussi, fait partie de la musique.

J'avais follement envie de l'aider à mon tour, qu'Alice se hisse jusqu'à la beauté simple d'un rapport simple avec elle-même et avec moi. Sans exaltation outrée.

Mais était-elle capable de descendre de ses postures péremptoires, de renoncer à ses illusions pleines de vacarme ? Pour s'actualiser, lui faudrait-il des années, des semaines, une heure ?

Je n'étais certain que d'une chose : faire marcher un amour est vide de sens, c'est l'amour qui doit nous faire marcher.

10

Quelques jours plus tard, je reçus cette lettre fulgurante d'Alice. L'aveu brutal de moites secrets, parfois,
est une naissance; l'aveu de jolis secrets également.

Arrachant son garrot au silence, Alice y délivrait
des bataillons de rancunes, des escouades de coïncidences, des escadrons de folies. J'eus tout à coup
accès au noyau de sa vérité, aux soubassements de son
mystère :

« Frédéric,

"Que celui aime peu, qui aime à la mesure !"
a dit La Boétie, qui avait le cœur intelligent.

Durant toutes ces années, tu as joué à l'écrivain
avec fougue. Avec conviction. Et avec dévotion. Tu
as récolté cette tromperie qu'on appelle le succès.
J'avais l'impression que tu m'écrivais. Tu publiais
mes désirs sans filtre. Je résonnais des tiens. Tu cara-
colais dans mon imaginaire. Tes livres ont façonné
ma manière d'aimer, d'exiger la passion extrême. J'ai
toujours rêvé de devenir l'héroïne qui exige « un
chef-d'œuvre sinon rien ». D'être une Gauchère de
ton île où l'amour ne peut être que fou et libre.

J'étais avide de rencontrer celui qui ne me déclare-rait jamais sa flamme pour faire perdurer la passion de l'amour naissant. Et agrandissant. Je ne voulais pas être une femme, mais un roman. J'exigeais de la vie sa plus totale démesure. Une existence hors norme. J'exigeais des hommes une passion sans bornes. Mais la vie ne m'a jamais fait rencontrer l'irrégulier qui aurait été prêt à accepter le risque de jouer sur le même diapason sentimental que moi. Indomptable, j'ai toujours refusé de me soumettre à des passions carencées et de m'étioler dans des amours étriquées. Toutes ces illusions se sont essouf-flées, puis effilochées. Toutes mes amours n'ont été que des échecs. Parce que, aveugle, je ne faisais que réclamer des comptes avec la prétention de croire que l'amour peut être cadré par des exigences.

Je n'avais pas compris que l'amour n'est pas un assujettissement. On n'habite pas l'amour, c'est lui qui nous habite.

Longtemps conseillère clientèle dans une grande banque, j'ai découvert par hasard que tu faisais par-tie de nos clients. Une amie était ta conseillère. Pendant des années, avant d'être mutée ici, j'ai suivi tes finances en douce et découvert le décalage entre ta vie réelle, dévoilée à travers tes comptes ban-caires, et ta vie rêvée, fantasmée dans tes romans. Entre le visible appliqué et l'invisible édité. Entre tes actes affichés et tes exigences.

J'ai évalué avec exactitude ton quotidien à tra-vers tes relevés de carte de crédit qui démasquent tout avec une impudicité inouïe, en alignant tes dépenses courantes, celles d'un abonné aux charges attitrées et prévisibles d'une vie mesurée. Sans gerbes de fleurs ni coups d'éclat. Une vie d'économie. Les écritures comptables sont comme des actes manqués. L'amour n'est pas un amortissement, la passion n'est pas un bien immobilisé, elle ne doit souffrir d'aucune obsolescence.

J'ai alors compris que tu souffres de la même infirmité d'âme que moi. Tu ne t'autorises pas à flirter avec ta démesure, à t'engouffrer dans le sublime. Rien dans tes dépenses n'a de lien avec la poésie. Tout suinte l'ennui du connu. Sans doute n'as-tu vécu que des amours d'occupation, des passions de distraction.

Stupéfaite devant ces piles de relevés de carte de crédit, j'ai compris que tu n'avais écrit des romans d'amour intégral avec des personnages piqués de passion que pour vivre à travers tes pages imbibées d'ivresse passionnelle tout ce que ton quotidien ne t'octroyait pas. Depuis ton premier chef-d'œuvre littéraire, tu t'es essoufflé par l'écriture romanesque. Désormais, tu dois arrêter d'écrire pour vivre. Tu dois cesser, Frédéric, de te dissimuler derrière des personnages trop « Sauvage ». Tu dois te déposséder de l'écrivain que tu as été, ce faussaire qui a consigné l'homme que tu aurais dû être. Démissionne de tes rôles d'emprunt qui t'altèrent et te désoxygènent. Rends-toi une longue visite qui durera toute une vie. (Re)Deviens Frédéric.

Durant ces longues années passées à t'observer, je songeais que nous partagions la même douleur, celle d'être tous les deux inadaptés à notre siècle quand il faut parler d'amour.

Dans l'île, tu m'as fait comprendre que l'ordinaire ne se dérobe jamais. Il faut composer avec le réel pour l'enchanter. L'ajuster à son idéal. Et ne plus essayer de s'en extraire. Afin de cesser de ne vivre que des romances obsessionnellement fantasmées.

J'ai rêvé de chimères et de passion utopique, et c'est toi qui me ramènes au réel ! C'est toi, Frédéric le fuyard, qui me proposes de me droguer de réel ! À mon tour de cesser de vouloir vivre comme dans un roman pour vivre un roman. Parce que je ne sais pas faire. Je ne sais pas vivre dans la réalité. Comment y fêter l'enchantement ? Comment y accueillir la folie ? Comment y célébrer l'amour ? Je voudrais que tu m'apprennes, que tu me guides. Je te fais confiance parce que je sais que nous nous sommes reconnus dans l'île. Tu m'as vue comme je t'ai vu.

En voulant te faire coïncider avec toi-même à travers un voyage de recentrage sur toi, j'ai aussi fait le chemin vers moi. Par toi, comme tu as fait le tien par moi.

Paumée, j'ai exigé de la vie ce que je n'étais pas prête à recevoir.

Ne me fuis plus, Frédéric, je ne me fuis plus.

Viens à Bordeaux, demain vers 19 heures.

Je t'enverrai un SMS à la gare.

Tout est possible.

Enfin.

Alice »

ACTE II

L'été

1

Peut-être que la vraie politesse avec la vie, c'est de lui faire une place de choix quand elle s'invite. De ne pas tenir pour négligeables l'éclat du ciel, le chant d'un moineau dans une cour parisienne, le sourire d'une fillette.

C'est ainsi que je reçus la lettre d'Alice.

Je la relus trois fois avec paix, en gastronome du bonheur, en homme qui en avait assez d'appartenir à la confrérie des écorchés, porté par le désir de rendre grâce à l'intelligence secrète du destin qui m'offrait de si doux instants.

Certaines de ses phrases retentirent plus profondément que d'autres dans mon cœur : « À mon tour de cesser de vouloir vivre comme dans un roman pour vivre un roman. Parce je ne sais pas faire. Je ne sais pas vivre dans la réalité. Comment y fêter l'enchantement ? Comment y accueillir la folie ? Comment y célébrer l'amour ? Je voudrais que tu m'apprennes, que tu me guides. »

Ou encore : « Dans l'île, tu m'as fait comprendre que l'ordinaire ne se dérobe jamais. Il faut composer avec le réel pour l'enchanter. L'ajuster à son idéal. Et ne plus essayer de s'en extraire. »

Ces mots-là, aussi, me mirent en feu : « Ne me fuis plus Frédéric, je ne me fuis plus. »

Changer est une grâce.

Alice muait, moi aussi.

Une forme de décalcification avait eu lieu sous la poussée de notre amour singulier, situé par-delà la raison.

Que s'était-il donc passé depuis ma « lettre à moi-même » écrite à la hâte dans le silence de Berder ? Ce texte avait infusé en moi une inconcevable liberté. J'avais l'étrange et très net sentiment d'avoir abandonné là-bas un manteau de simulacres que j'avais trimbalé pendant des décennies. Dans les bruyères, j'avais fait mes adieux à l'écrivain fébrile, plein d'autopersuasions, qui s'était intoxiqué de sa logorrhée exaltée. J'avais été si séparé de moi durant toutes ces années. Un trop rêveur qui imaginait ses aimées au lieu de les regarder, un agité qui les trompait avec fougue, un étourdi qui se dissolvait en emballements, un emporté qui disposait de tous les défauts au superlatif au lieu de cultiver une ou deux qualités simples, un déréglé absent à lui-même qui pleurait à foison et rigolait trop fort, un furieux qui accablait de roses ses conquêtes au lieu d'en effeuiller une au rythme de la respiration de sa belle.

J'avais épuisé mon potentiel de fureurs, essoré mes facultés. Je m'étais égaré.

Tout allait changer.

Pour guetter l'infini, je rejoignais la simplicité de mes vingt ans, avec le désir de vadrouiller vers cette terre promise au goût de feu : le bonheur torride de la vie à deux.

Je n'allais plus maltraiter le présent comme à mon habitude, plus me tendre avec hystérie vers des idéaux aberrants. Plus rien exiger, tout laisser venir. Adieu forceps de l'ambition amoureuse et craintes débiles devant le quotidien. Et voilà qu'en renonçant à mes angoisses, une femme dans toute sa splendeur m'était offerte.

Avant de sauter dans un train pour Bordeaux, je me séparai d'Alfredo. Ma voisine sado-maso ferait l'affaire. Plus personne ne m'injurierait, fût-ce un volatile.

Madeleine Laporte au physique crépusculaire, grande fesseuse d'amants et praticienne de la cravache, accepta mon Alfredo avec gourmandise. Toute requise par une sexualité très cérébrale, cette farouche insomniaque raffolait des séances d'humiliation. Je l'avais si souvent entendue hurler de satisfaction quand l'un de ses amants l'avilissait (la nuit, elle laissait ses fenêtres ouvertes, côté cour). Posséder un perroquet insulteur lui parut aussitôt une chance exquise, presque une grâce.

Puis j'écrivis des mots très clairs à Nathalie, comme on tire à bout portant :

« Ma non-chérie,

Je te quitte parce que je me quitte. J'en ai assez de composer avec toi une sorte de "théâtre de l'être" dépressif, tracassier, reprochard et gueulard. Je m'évade de celui que j'ai pu être en face de toi, de l'homme longtemps en guerre contre les prétendues platitudes de la vie à deux. En vérité, je scintillais de bêtise, de cécité, en ne voyant pas l'éclat du partage simple avec une femme.

J'ai décidé de devenir un gisement de quiétude, plus le punching-ball de tes névroses. Si la beauté est ton premier passeport, il ne t'a pas fait voyager très loin. En toi naissent et agonisent tant d'emmerdeuses, au gré de tes angoisses volatiles et saturniennes. Désormais, je veux avoir le cœur calme, le cœur intelligent et le cœur solide. Ne plus être ballotté par tes attaques morbifiques, tes reproches poignards. Tu ne parviendras pas à me morceler à l'intérieur, à balkaniser ma joie. La récréation est finie. Tu ne me fusilleras plus jamais de dialogues torpilleurs, gifleurs et infamants. Je suis déjà sevré de ta sensualité emprisonnante. Je cherche fébrilement l'érotisme qui délivre, pas celui qui a fait de moi un moins-que-moi.

Je romps également avec ta folie psychiatrisée, avec le tourbillon de tes paranoïas, parce que pour communiquer avec toi, il faut devenir fou, enfiler tes obsessions sécuritaires. Nos meilleures heures non infectées par tes angoisses abyssales resteront tassées au fond de ma mémoire.

Pour ce qui est de cette grossesse inopportune – s'il ne s'agit pas d'une nouvelle manigance, ce que je soupçonne –, je te prie d'oublier cette absence de projet, ce non-désir, ce vide qui ne saurait exister. Un enfant doit être rêvé, pas exigé. Le sublime ne se convoque pas, il doit rester une moisson joyeuse.

Dévore-toi toi-même, sois la cannibale de tes anxiétés, enferme-toi dans tes pensées labyrinthiques, chronique tes lassitudes, cultive tes reproches aigres, encombre-toi de colères, rejoins l'internationale des inquiets par devoir, dissous-toi dans un long soliloque sur le malheur, deviens incomestible !

Adieu, je vote pour le bonheur.

Frédéric »

Cela fait, je m'apprêtai à plonger dans l'eau chaude et parfumée du plaisir. Et à m'amputer de mes penchants pour les amours compliquées.

Je pris le train pour Bordeaux.

M'y attendait un amour au-dessus de l'amour, délicieusement improbable. La fin de mes suffocations. Le début de l'émerveillement qui nous plaçait sur une haute orbite métaphysique, en avant de l'érotisme ordinaire, là où l'on flirte avec les cimes de la foi.

Ce qui se produisit fut alors si particulier, frôlant la sortie de route, que je préfère reproduire dans le chapitre qui suit des bribes de notes rédigées par Alice elle-même. Je les ai retrouvées peu après son éclipse qui me pulvérisa, au fond d'un dossier où elle consignait tout de notre passion singulière.

Mystique de la fatalité, elle désirait que notre rencontre physique ne fût pas programmée, mais voulue par la Vie elle-même.

L'amour a mieux à faire qu'être une commodité !

2

(Pages tirées des notes d'Alice.
Je lui cède la parole.)

Tandis que le train en provenance de Paris-Mont-parnasse entrait en gare de Bordeaux Saint-Jean à 18 heures 56 précises, déversant un tsunami de voyageurs pressés, je sortis mon téléphone et adressai à Frédéric un SMS qui fixait très exactement ce que je souhaitais :

« Nous avons un non-rendez-vous à 20 heures. L'adresse ne te sera communiquée que par la vie, pas par moi. Soit elle voudra notre rencontre ce soir et je serai à toi, soit elle ne te guidera pas vers mon corps qui t'attendra, offert avec indécence. Laissons le destin nous enlacer ou nous retarder. Regardons s'il nous veut. Quand un amour se fait et coïncide, son heure est arrivée. Ne soyons jamais un rendez-vous où l'intuition et la folie n'auraient aucune part. Écoute ta folie et tu seras l'homme qui m'aura trouvée au milieu des pages manquantes du volume des *Amours* de Ronsard. »

J'imaginais Frédéric avide de précisions, errant dans la gare Saint-Jean et se demandant comment il allait me rejoindre. Désorienté. Très irrité. Cherchant à me localiser dans Bordeaux. Prêt à décamper ? à aller aimer ailleurs ? à oublier notre sublime au premier écueil ? J'aimais déjà passionnément les lieux de passage, ces entre-deux où les destins sont emportés, ces points de rencontre entre tous les improbables. Ma vie ressemblait à ces quais. Partir. Arriver. Filer. Se retrouver. S'enfuir. Je n'avais jamais appartenu à un homme, jamais sédentarisé ma sexualité. J'avais toujours quitté les hommes enlisés dans le raisonnable. Je sautais dans un nouveau train sans jamais me retourner, sans jamais regretter ni espérer.

Si Frédéric refusait de s'écouter, de me trouver dans Bordeaux, il n'était pas digne du quotidien que je nous souhaitais.

M'était venue l'envie de l'attendre dans l'immense suite du Grand Hôtel de Bordeaux dont les fenêtres ouvraient sur l'Opéra, là où il s'était retrouvé seul après notre rencontre avortée. S'il devinait toute la beauté d'achever notre rencontre dans le lieu même où elle s'était amorcée, alors je serais à lui.

Saurait-il entendre mon invitation silencieuse ?

J'exultais déjà à la pensée de nos étreintes s'il venait jusqu'à moi par magie, sensibilité, sens de l'esthétique amoureuse. Sinon, ce serait pour plus tard, ou jamais. Mais aurais-je plus tard autant d'attraits et de charme à ses yeux ? Mon amour, allais-tu me dénicher ? Si tu franchissais la porte de la suite où je t'attendais nue, j'aurais le droit, que dis-je, le devoir, de crier à jamais notre amour, de le danser, de l'acclamer. Tout serait folie. Tout serait tempête.

Le temps s'écoula, vide de lui.

Quand la porte non fermée s'ouvrit.

Il m'avait rejointe par l'imagination.

J'avais eu raison de nous faire confiance.

Frédéric me découvrit allongée sur le lit, entièrement nue, comme une invitation au voyage.

Sur le lit aux draps immaculés, étaient éparpillés les poèmes de Ronsard que j'avais arrachés à leur socle.

Je lisais un livre d'Alberto Moravia. Frédéric s'approcha et s'allongea près de moi. Il caressa mes épaules, embrassa mon cou. Je posai mon livre et faufilai mon regard dans le sien.

— Tu vois mes pieds dans la glace ?

— Oui.

— Tu les trouves jolis ?

— Oui, très.

— Et mes chevilles, tu les aimes ?

Frédéric devina aussitôt que je nous faisais rejouer la célèbre scène du *Mépris* où Bardot asservit son amant. Il consentit à se couler dans la scène et répondit :

— Oui.

— Tu les aimes mes genoux aussi ?

— Oui, j'aime beaucoup tes genoux.

— Et mes cuisses ?

— Aussi.

— Tu vois mon derrière dans la glace ?

— Oui.

— Tu les trouves jolies, mes fesses ?

— Oui, très.

— Et mes seins, tu les aimes ?

— Oui, énormément.

Devina-t-il pourquoi je voulais vivre cette célèbre scène de cinéma ?

— Qu'est-ce que tu préfères ? Mes seins ou la pointe de mes seins ?

— Je ne sais pas. C'est pareil.

— Et mes épaules, tu les aimes ?

— Oui.

— Moi, je trouve qu'elles ne sont pas assez rondes. Et mes bras ?

— Oui.

— Et mon visage ?

— Aussi.

— Tout ?

— Oui.

— Ma bouche, mes yeux, mon nez, mes oreilles ?

— Oui, tout.

— Donc, tu m'aimes totalement.

— Oui. Je t'aime totalement, librement, réellement.

Je voulais qu'il m'aime comme je l'aimais. D'un amour entier, violent et absolu.

J'exigeais d'appartenir à jamais au réel poétisé. De goûter jour après jour au sublime de cet homme. De toucher à son immensité. D'aspirer à son élan de vie. D'agrandir sa liberté.

Je ne voulais pas me donner à lui comme je m'étais offerte à tous les autres. Avec absence et indifférence, modération et pudeur. Je désirais devenir l'audace de ses désirs inavoués, la démesure de ses plaisirs fantasmés. Qu'il s'empare de sa liberté pour atteindre son ciel. Je me voulais libre dans ses bras.

Je lui demandai de me prendre comme on prend une pute, une amie, une future, une princesse, une salope, une soumise. Tour à tour il parla à toutes ces femmes en moi, les aima, les reconnut.

Dans cette chambre au lit recouvert de poèmes arrachés au recueil de Ronsard et aux draps froissés par nos deux corps enlacés, nous enchantâmes le réel. Ce fut splendide d'aimer la Vie dans ses bras. Grandiose d'être moi sous ses baisers.

Tout ourlé de douceur : les draps sur ma peau, l'apesanteur de nos corps emmêlés, la pureté de l'air dans mes cheveux, la beauté des mots qu'il prononça, l'intensité des regards que nous volâmes, la couleur de sa voix, la délicatesse de ses mains volantes, l'éclat précis de ses yeux, l'impatience, l'abandon, la violence, l'évidence d'être à lui, l'ardeur, notre liberté, la vérité, la vie.

— Frédéric, ne pas t'aimer en liberté n'est pas t'aimer.

— Pourquoi me dis-tu cela ?

— Parce que...

Alors que mon cœur heureux et fou me criait, me suppliait, de tout quitter et d'accepter ne serait-ce qu'un instant, passager et illusoire, de bonheur avec lui, ma raison lucide et sensée me hurlait de le quitter et de ne pas accepter de n'être qu'un instant, fugace et irréel, dans son existence. Pour éviter la douleur qui inévitablement s'abattrait sur mon cœur s'il quittait le lendemain notre lit pour en rejoindre une autre. J'en deviendrais certainement folle de ne pouvoir l'aimer tous les jours.

— Si ce n'est pas avec toi pour toujours, ce ne sera avec personne d'autre. Alors, j'écrirai des romans.

— Alice, j'ai quitté Nathalie.

3

De retour à Paris, encore étourdi par nos instants volés, tout barbouillé d'enthousiasme, je m'interrogeai sur la conduite à tenir avec une femme pareille. Alice était si inadaptée à ce que les adeptes du compagnonnage et du mariage nomment *la vie conjugale*. Pour lui plaire, devais-je me jeter dans un lyrisme trash inédit, me looker en esthète damné, en paladin de la passion ? Me faire congeler dans un remake de *La Princesse de Clèves* ? Oser une brévissime saison partouzeuse ? Tituber entre plusieurs créatures dans notre lit afin de revirginiser chaque jour nos étreintes ? Administrer sur son postérieur parfait des services liftés avec une règle en guise de raquette ? Nous faire carburer au vice flagellant ? Ne plus snifer avec elle que du Ronsard, des effluves de vers ?

Comment, surtout, marcher aux côtés d'une fille qui prétendait possible la vie poétique au quotidien ? qui affirmait que « le grand amour » n'est pas ce quelque chose que *font* les amants d'exception, mais ce presque-rien vertigineux qui *se fait* à travers eux ? Pas un agir tonitruant, mais un laisser-faire discret qu'il ne faut pas brider, ce creux où la vie inventive se love, ce vide où la passion déploie ses surprises et se réinvente.

Moi aussi, je souhaitais laisser l'amour s'amuser avec nous. J'étais disposé à nous jeter dans mille ivresses en dérogeant à la liturgie conjugale.

Mais que devais-je *faire* pour *ne pas faire* ? Comment avancer avec Alice en laissant à la vie toute latitude pour nous malaxer, nous déséquilibrer et nous amplifier ? Devais-je créer des situations propices à fluidifier le jeu de l'amour et du hasard, nous ménager des plages disponibles pour sublimer notre passion ? fomenter des mises en scène ? l'aimer à la sauvette, à la folie ? Ou que sais-je encore ?

Tandis que je m'interrogeais dans ma cuisine en mitonnant des œufs brouillés, je reçus un mail d'Alice qui me sidéra.

Loin de recourir aux pratiques coutumières de ses semblables en matière sentimentale, elle avait décidé d'inventer ses propres règles amoureuses qu'elle s'empressait de me détailler. J'y vis une envolée au pays de la fantaisie pleine de gravité. Une métaphysique de l'audace. Un dandysme érotique et drolatique qui ratissait large, de Sade jusqu'à sainte Thérèse dans ses heures quasi sensuelles. Une façon de devenir la doublure française de Minnie en porte-jarretelles. Une manière d'être le fakir facétieux de son propre cœur afin de danser sur des braises.

À chaque ligne, cette experte du bizarre développait son aptitude à la sidération. Elle n'en pinçait que pour l'étonnement. On sentait le pur-sang de l'absolu quittant son écurie maritale gavé d'avoine euphorisante et divaguant, les seins pigeonnants, résolu à faire de son cul une fête et de son âme un perpétuel chantier. En ne se refusant aucun mépris pour la tiédeur !

Son picotin réglementaire ne manquait pas d'allure :

Règles d'Alice

À respecter sous peine d'être sévèrement puni (blâmé, déculotté, giflé, mordu, fessé, attaché, flagellé, sanglé, fouetté – *liste non exhaustive*) :

1. (Pour Alice) Ne plus porter de culotte sous ses robes et ses jupes en présence de monsieur afin qu'il puisse lui faire l'amour à n'importe quel moment de la journée et de la nuit et dans n'importe quel lieu (public ou privé).

2. (Pour Frédéric) Ne pas couvrir madame de cadeaux inutiles et absurdes tels que des fleurs, des robes ou des bijoux. Préférer l'épanouissement d'un désir débauché, l'ivresse d'un fou rire salvateur, la folie d'une jouissance effrénée ou l'enchantement d'un baiser volé, ou encore la démesure d'un bonheur inattendu.

3. Ponctuer chacune de ses phrases par trois points de suspension comme signe de l'illimité et lieu de tous les possibles (excepté la formulation « Je t'aime » qui, se suffisant à elle-même, ne doit souffrir d'aucune altération langagière).

Bannir de son vocabulaire les mots suivants : modération, précaution, atténuation, diminution, limitation, mitigation, compression, déflation, déperdition, désagrégation, exonération, pondération, réduction, proportion, restriction, soustraction, exténuation, privation, infériorisation, amputation, contraction, et tout autre terme finissant en «ion» synonyme d'altération de la vie.

Point capital : refuser la moindre dépense raisonnable ou de compromis. Tout virement doit être une fête.

4. Jeter à la poubelle tous les romans de Frédéric Sauvage et célébrer l'autodafé joyeux de cette prose dans laquelle se putréfie toute la mièvrerie amoureuse des cœurs escamotés.

5. Ne pas abuser des lettres d'amour. Privilégier les lettres de rupture. Celles qui relancent les dés de la passion et dépoussièrent le désir. Celles qui en arasant les habitudes favorisent l'inattendu.

6. (Pour monsieur) Apprendre par cœur tous les poèmes de Ronsard. Et leur faire confiance pour arrimer nos rencontres en refusant les rendez-vous fixés sans poésie.

7. Faire l'amour sans pudeur et sans retenue. Jouir effrontément autant qu'il est possible de jouir. Il est fortement conseillé aux deux parties de formuler ouvertement et librement leurs fantasmes et autres goûts particuliers. Surtout les inavouables qui sont des fêtes.

8. Ne jamais parler des choses sans importance et sans substance, proscrire les sujets ordinaires de conversation de la médiocre et insipide normalité amoureuse (les problèmes d'argent, la météo, la

circulation routière, les tâches ménagères, les livres de Marc Lévy, l'éducation des enfants, la couleur du papier peint, le contrôle technique, les animaux domestiques, les divorces en cours, la cuisson des pâtes, le programme télé).

9. Se quitter 58 fois.

10. Se retrouver 59 fois.

11. Partir en vacances en suivant tous les panneaux « Autres directions ».

12. Réveiller sa part d'enfance, redevenir pur jeu et merveilleux, raviver sa cruauté et sa poésie, ressusciter le petit garçon (ou la petite fille) qui appartient au présent, tuer l'adulte sérieusé et prévisible que l'on est devenu, liquider ses réflexes anxieux de grande personne, s'accorder le droit de croire à ses « on dirait qu'on serait ».

13. Toutes ces règles peuvent être réécrites.

Alice en avait oublié une : celle d'avoir le droit d'être grotesque en cherchant le sublime, le droit d'atteindre les confins du ridicule en traquant la perfection.

La mièvrerie, parfois, défonce les plafonds du bonheur.

Un matin, tout s'accéléra.

Je reçus un coup de fil du directeur de ma banque qui, en grande alarme, me pria de passer de toute urgence à son agence. Sa solennité me fit me presser. Fébrile, il ne pouvait pas me parler à distance. Il y aurait peut-être des suites pénales.

Je pénétrai dans l'agence parisienne fort inquiet et le trouvai en compagnie de ma conseillère, qui rognait ses ongles violets. Très gêné, il m'expliqua qu'il y avait «un problème» avec mon compte courant. Son équipe avait remarqué d'étranges mouvements financiers, des virements de sommes importantes et des transactions passées, puis annulées. Un vrai capharnaüm financier. Allergique à toute paperasserie administrative, je n'avais pas pointé mes comptes depuis que j'avais quitté Nathalie, qui m'imposait hebdomadairement une vérification scrupuleuse de mes relevés. Je n'avais donc pas remarqué de problème particulier. Les services de l'agence avaient réclamé des traces des virements réalisés récemment depuis mon compte. Ma conseillère n'en trouvait aucune de mes demandes, aucune signature.

— Vous comprenez, monsieur Sauvage, que nous sommes très embêtés par cette situation. Pouvez-vous me confirmer que vous n'avez pas émis l'ordre de ces transactions ? me demanda-t-il en me présentant un document de la banque.

— Je vous le confirme.

— Alors, nous sommes vraiment navrés.

Il me tendit un autre lot de feuilles imprimées de lignes comptables pour me montrer la prétendue gravité de la situation. Je n'avais aucun souvenir d'avoir participé à cela.

— Nous avons réclamé une enquête interne pour découvrir la source de ces fluctuations, monsieur Sauvage. En attendant, nous allons devoir bloquer tous vos comptes afin que la situation n'empire pas, avant que la Banque de France ne s'en mêle.

— Vous ne pouvez pas bloquer mes comptes ! Est-ce si grave ?

Il n'y avait pas grand dommage mais la situation les inquiétait fort. Le directeur me demandait de porter plainte conjointement avec la banque dès que le responsable aurait été identifié. Il devait bien y avoir une explication.

Le directeur reçut un coup de fil. En visioconférence, ils firent alors apparaître… la coupable.

— Madame Sauvage, reconnaissez-vous avoir fait des opérations de réservations d'hôtels et d'avions depuis le compte courant de Frédéric Sauvage qui se tient à nos côtés ?

— Oui, tout à fait ! répondit Alice avec allégresse.

— En toute illégalité ?

— Mais avec grand plaisir, monsieur le directeur.

— Pardon ?

— Je surveille en douce les comptes de ce client depuis de nombreuses années et j'ai pensé qu'il menait une vie indigne de ses romans.

— Pardon ?

— Oui.

— Vous surveillez notre client ?

— La nature de ses dépenses, de ses déplacements… hélas très ordinaires. Sans folie. Frédéric Sauvage mérite une vie plus romanesque, plus stimulante, voyez-vous. J'ai donc pris quelques initiatives.

— Madame, vous… vous avez perdu la tête ?

— Oui. Je l'aime.

Ma conseillère se décomposa sous l'effet de souffle de cette annonce.

— Vous aimez notre client ? s'étrangla le directeur.

— Oui, et Frédéric fait de très mauvais choix d'hôtels ou de séjours. Il limite ses plaisirs à un point ridicule.

— Frédéric ? reprit le directeur.

— Oui.

— Êtes-vous consciente que vous êtes passible des tribunaux ?

— Non, Frédéric sera enchanté de mes choix ! protesta Alice.

— Tout à fait, dis-je. Madame Alice Sauvage sait mieux vivre que moi dans la réalité.

— Dans la réalité, monsieur Sauvage, il s'agit d'une escroquerie, d'un acte illégal.

— Mais amoureux !

— Vous ne portez pas plainte ?

— Non… et je l'en remercie. C'est ce qu'on appelle un véritable service bancaire !

— Mais…

Alice termina cette affaire par un lapidaire :

— Monsieur le directeur, notre client est en passe de rattraper la liberté de ses personnages de fiction.

— Oui, dis-je avec béatitude.

— Je lui viens simplement en aide… Ne devons-nous pas anticiper les besoins de nos clients ?

On débutait dans le sublime. Les normaux n'avaient plus qu'à s'adapter.

4

Une idée s'imposait depuis que j'avais lu et médité les treize règles d'Alice. Une notion capitale pour qui veut se couler dans une liaison majeure : l'amour a besoin de temps.

Du temps d'extrême qualité, du temps non contraint dédié à l'improvisé. Des heures vouées à explorer l'infini de l'autre. Du temps pour me déboutonner à l'excès, me laisser transporter dans le parfum d'Alice et m'abandonner aux nuances des fragrances de ses cheveux... Du temps afin de me laisser engloutir jusqu'à la folie par mon désir d'elle, du temps pour nous couronner tous deux. Du temps qui, donné à l'autre, devient soudain du temps offert à soi-même. Du temps perdu donc trouvé. Du temps afin d'entendre toujours ce que dit l'autre, surtout lorsqu'il se tait. Du temps pour se laisser infecter par l'amour-création, cette septicémie positive.

Du temps, enfin, pour laisser la vie nous tresser avec art, inattendu et délicatesse, plutôt que de diminuer l'imagination de la vie en la hâtant. En amour, il est des lenteurs qui sont des accélérations.

Alice me proposa de nous retrouver à Bordeaux le

jeudi suivant, à 20 heures, histoire de démarrer notre vie.

Sans réfléchir, je répondis :

« Belle Alice,

Freinons pour foncer. J'ai souvent été un sprinter, j'entends devenir un marathonien de la passion.

La règle numéro 6 me paraît exquise : "Apprendre par cœur tous les poèmes de Ronsard. Et leur faire confiance pour arrimer nos rencontres en refusant les rendez-vous fixés sans poésie."

Observons cette règle !

Pour nous désirer mieux, ralentissons fort. Laissons le temps nous donner rendez-vous jeudi, permettons-lui de synchroniser nos désirs et d'accorder nos élans.

Laissons faire le hasard intelligent, suivons les signes que l'amour envoie toujours lorsqu'il est vrai. Mettons le hasard dans notre poche.

Relisons Ronsard en goinfres, et surtout, écoutons ce que la vie décidera par surprise. Déchiffrons les coïncidences heureuses qu'elle inventera pour nous pousser – ou pas – l'un vers l'autre jeudi prochain à Bordeaux. Si des signes nous conduisent vers une rencontre, elle sera divine. Jouons.

Faisons des vœux magiques.

Donnons-nous le pouvoir, et le temps infini, d'aimanter des surprises jubilatoires, des synchronicités merveilleuses.

Changeons, ma chérie. Pour former notre couple, tâchons de ne plus rien décider. Attendons que l'amour se joue de nous, nous chahute. Espérons que la vie nous veuille vraiment, qu'elle jubile de nous assortir. Attendons l'instant prodigieux où elle sera grande ouverte pour nous accueillir.

Fixons jeudi un rendez-vous avec le destin à Bordeaux et laissons-le nous tirer par la manche ! Nous happer. Nous détourner l'un vers l'autre… Devenons des célibataires du prévisible, épousons l'inattendu radical. Cap sur l'effervescence improbable, le panache de la spontanéité, le chic du non-prévu. Misons sur les coïncidences en garnements de la passion !

Devenons vite des confidents de l'absolu, à égale distance du sublime et de la loufoquerie juvénile. Jamais des clients d'applications de rencontre accolés par quelque algorithme fatigué !

Devenons des êtres aussi vivants que je le fus quand on me surnommait Girafon, à huit ans, parce que j'avais grandi trop vite, à l'âge où, encore bordelais, j'apercevais dans les reflets d'une flaque des paysages, des champs de bataille, des monstres, tout un monde que mon imagination rectifiait, coloriait, complétait. Girafon, lui, ne voyait pas ce que la société veut que l'on voie. Il voyait ce que son cœur discernait. Il se mouvait dans l'espace magique. Son regard ricochait sur la poésie latente des choses, ouvrait sur des possibilités vastes. Ses yeux distinguaient l'impérieuse présence des choses, des bêtes et des personnes que l'on tient pour négligeables.

Si Girafon est de retour ce jeudi avec la petite Alice, même perdus dans Bordeaux ils se retrouveront, guidés par quelques coïncidences sur la terrasse du toit féerique du Grand Hôtel. »

Le jeudi suivant, je déboulai à Bordeaux les sens en feu, sans avoir la moindre idée du lieu où je pouvais rejoindre Alice. Je m'apprêtais à flâner le long de la Garonne, ce fleuve aux larges épaules dont les eaux mulâtres reflètent tout l'éclat de celle qu'on surnomme « la belle endormie », quand un gaillard aux airs de bourrasque me bouscula devant la gare.

— Girafon ! Qu'est-ce que tu fous là ?
— Pascal… Pascalou ? m'étonnai-je.
— Oui.
— Et toi, qu'est-ce que tu fiches ici ?
— Je viens de claquer la porte de mon job. En giflant ma patronne un peu nazie, gestapophile. Putain, ça m'a fait un bien ! Mais un bien fou !

Avec notre ami François Pomme, Pascalou avait été membre fondateur d'un club très exclusif qui rassemblait de valeureux élèves de CM2 : la Société secrète des squelettes. Cette société d'élèves du collège Saint-François-d'Assise, immensément célèbre dans notre cour de récréation bordelaise, prétendait que chacun de ses membres ferait plus tard bon usage de sa carcasse avec altruisme, sens du destin et culot, avant de finir squelette. François, ledit Pascalou et moi avions à peu près tout osé, tout essayé, en harcelant les adultes ayant « mal tourné » selon nos critères. Chenapans épris de (futures) virées globe-trotteuses, nous imaginions que le monde serait notre terrain de jeu.

101

Les pirates de la Société secrète des squelettes avaient pour but de punir les grandes personnes indignes de l'enfant qu'elles avaient été. Nous avions ainsi exercé des rétorsions sur Maxence de Mortebise, le père d'un camarade mal luné, qui avait jadis rêvé de jazzer sa vie en endossant une carrière d'explorateur tropical et qui avait fini comptable à La Garenne-Colombes. Notre sanction était tombée : on avait piraté son ordinateur en inversant toutes les lignes de compte de ses clients. Une maîtresse d'école anciennement meneuse de revue au Paradis latin avait été punie de la pire manière : tous ses dessous sexy (séchant sur un fil dans son jardin) avaient été dérobés, ne lui laissant que de tristes culottes en coton blanc. Une jardinière s'étant tournée vers la fonction d'huissier avait été prise à son propre jeu en voyant débarquer un matin deux machos venus la perquisitionner.

Nos actions étaient réputées « baroques », au motif que nous épuisions délibérément la totalité des possibilités qui s'offraient à nous, en frôlant notre propre caricature.

François, Pascalou, les autres et moi avions une devise, cinq petits mots au poids énorme : « SOUVIENS-TOI QUI TU ES. » Manquait « de », « qui tu es ». Pourquoi ? Parce que nous étions des enfants. Nous la reproduisions à foison, un peu partout : écrite au feutre indélébile sur le mur des toilettes juste au-dessus de l'urinoir entre la déclaration d'amour à Anaïs, la plus jolie fille de la cour de récré, et la salve de jurons à l'encontre du proviseur, personnage acariâtre toujours prêt à nous férocer, gravée sur le banc en bois de l'abri de bus, tatouée sur la peau de François par la sœur interlope de Pascalou dans une cave bordelaise.

Ces cinq mots étaient le lien de tous nos sabotages.

— T'as des nouvelles de François ?

— Personne ne t'a prévenu ? me répondit-il d'une voix frêle.

— Quoi ?

— Il a démissionné d'un super boulot, chef de la fiction chez France Télévisions, pour s'engager dans le bénévolat humanitaire. À Madagascar.

— Waouh.

— Il avait greffé les idéaux des Squelettes sur son engagement. Et…

— Et ?

— Son bateau a chaviré lors d'une tempête tropicale. François s'est noyé.

Pascalou ajouta d'un air grave :

— Pas notre devise.

— On a retrouvé son corps ?

— Repêché, oui. François est enterré dans le petit cimetière du quartier où nous allions fomenter nos coups le mercredi après-midi. Tu te souviens ?

Cinq minutes plus tard, nous étions face à une tombe de marbre noir sur laquelle était gravé :

FRANÇOIS POMME
1964-2019
« Souviens-toi qui tu es. »

François s'était souvenu de cette devise en quittant son poste éminent. Mener une vie sans sens ne lui convenait plus. Il voulait les ouragans des conversations engagées, les actes qui burinent la volonté. Et moi, l'ex-Girafon, qui étais-je à présent? Un ex-adolescent qui avait rêvé de noces de feu, un oublieux de ses envies réelles, un tohu-bohu d'élans mystiques et d'épisodes lascifs, un confident de Musset, à peine amateur de la déréliction, un romantique écrasé par ses propres légendes bidon.

Adolescent, j'avais tant rêvé d'avoir le don d'être moi-même en amour. Je ne voulais en aucun cas mourir en aimant de manière riquiqui. Mystique de l'excès, je désirais faire moisson de merveilles dans un quotidien pimenté, connaître une passion constante. J'aspirais déjà à dérober des heures éternelles, à ne plus rester figé dans la glu des habitudes qui empaillaient la plupart des grandes personnes.

Me souvenir de moi, c'était me souvenir de cette époque.

Une nausée me gagna soudainement. Ras-le-bol des amantes au petit pied, des filles ornements mineurs, des supplétives de la passion, des allergiques au romantisme qui arrache tout.

Requinqué par la présence de Pascalou, je hélai un taxi et, sans réfléchir, le priai de rejoindre le Grand Hôtel de Bordeaux, filai au dernier étage et surgis dans le bar qui semblait suspendu dans le ciel étoilé. Des coussins moelleux.

Alice se trouvait là, souriante, mutine, aimantée par le bonheur, d'une beauté inconcevable.

— Tu as trouvé le chemin? Tu en as mis du temps…

Dieu qu'elle ressemblait à l'amour.

La mousseline blanche de sa robe ruisselait à même ses charmes.

Alice tenta de me dire un mot qui avorta dans sa gorge.

Fougueuse, elle m'embrassa en pirate, elle tournoya autour de moi avec cette indécence poivrée qui allume le cœur. Je la soulevai de terre. Ses lèvres de chair avaient ce quelque chose de succulent et d'emporté qui n'appartient qu'à la vie débridée, fulgurante. L'incroyable affectivité qui nous submergeait nous signalait que nous étions bien le Destin, l'orage qui nous foudroyait. Ses yeux d'amande fraîche m'absorbaient, captaient mon moi profond, l'accueillaient. On riait en affinité. Il faisait si beau. La vie nous offrait ce passeport pour l'illimité, ce ticket pour un amour si différent de ce que connaissent les amoureux sans ciel, *something else*. Je nous voyais comme des aristocrates de la chance, alors que Roméo et Juliette n'en furent que les rentiers (avant d'ingérer le poison final).

Je la reposai sur les toits de cet hôtel qui ouvre vers le ciel de Bordeaux et sur la place magique de l'Opéra. Nulle vue ne rassasie mieux les yeux de perfection. Tout le XVIIIe siècle français est là, léger et gracieux. Il s'y épanouit encore dans des façades où la pierre sculptée semble une grâce.

— On dira qu'on sera des mieux-que-nous ? me chuchota enfin Alice.

— Cap ! lui répondis-je.

— On jouera toujours, hein ?

— Toujours !

Le temps méandreux, ce jeudi, aboutissait à cet instant, loin de la terre ferme des rapports ordinaires qu'entretiennent les grandes personnes. L'enfance coloriée et ses sortilèges reprenaient le contrôle de nos vies désadultisées. Le jeu de l'amour et du hasard – avec incrustation de fous rires gamins – redevenait notre mode de communication, une manière d'articuler nos vies.

Notre amour-jeu allait transformer tout en *autre chose*.

Parce que cet instant n'était pas prévu, il était à la hauteur de l'amour.

La boulimie de sexe n'était pas loin, nous le savions.

Mais cette dinguerie pouvait-elle durer ? Pouvait-on installer longtemps notre bivouac entre l'inespéré et l'improvisation ? Et vivre ainsi, sans se donner jamais rendez-vous, en pariant toujours sur l'inspiration d'une journée magique, le hasard et la volonté du destin ?

Eh bien, croyez-moi ou non, mais en cet instant, le *Concerto pour piano n° 23* de Mozart retentit dans le bar, alors que le ciel d'un bleu profond – qu'aucun vent ne chahutait – brûlait au fond de l'horizon d'un coucher de soleil incrusté de rouges.

Alice se pendit à mon cou. Je la soulevai en me cambrant. Ses jambes décollèrent et je me mis à faire la toupie, d'abord lentement, puis plus vite et, tandis que nos lèvres se collaient, Alice décolla dans un envol circulaire qui dura le temps que Mozart nous offrit par son envol musical. L'horizon profond donnait à notre décollage-baiser cette dose d'infini que notre amour réclamait, sa juste ampleur.

Les clients du bar s'arrêtèrent, se regardèrent. Le sublime des uns provoque celui des autres.

Chacun eut alors envie d'être nous deux portés par Mozart, d'être ce baiser prodige, ce baiser aérien, ce baiser alchimiste soudant l'éternité au présent, ce baiser champion de la douceur, ce baiser plume qui abolissait la pesanteur, ce baiser aussi proche du ciel qu'on peut l'être sur terre, ce baiser pour lequel chaque femme et chaque homme est évidemment né, ce baiser de conte.

Quand Mozart eut cessé de nous ensorceler, je finis de tournoyer et reposai Alice, étourdie, sur le toit. Nos esprits tournaient encore, empreints de notre envol circulaire. Elle me regarda et je sus en cet instant qu'elle était ma femme.

Pour l'éternité et un peu plus.

5

Alice avait des yeux où il faisait bon vivre, un rire où séjourner, des rêves que je ne pouvais qu'enfourcher. Sa joie donnait tant de lumière à mon existence que jamais je n'ai songé à une suite aussi abrupte.

Comment penser l'impensable ?

Il faut dire que je n'écrivais plus. L'écriture m'oubliait, allait sans doute s'acharner sur des cœurs moins épanouis. Comment aurais-je pu poursuivre mon roman en cours alors que toute ma vie chambardait, loopinguait, se recomposait, refleurissait et abondait de fièvres ?

En attendant, il me fallait une maison pour avoir l'honneur de séjourner avec elle. Et pour abriter Alfredo, car Madeleine Laporte m'avait finalement rendu mon perroquet insulteur, au motif que le volatile belliqueux la maltraitait de manière excessive.

Il me fallait un endroit où appliquer les règles d'Alice de manière chevaleresque, un terrain de jeu pour que s'épanouissent nos fous rires éternels, cette sorte de bâtiment singulier où l'on peut à loisir se promener dans la déréliction conjugale, à travers des circonstances sublimes. Afin d'y mener cette vie parfaite qui nous tentait.

Dans cette maison, je pourrais reprendre mon métier et écrire comme on vivrait, en direct, non comme on se souvient. Nous désirer en guettant l'absolu serait alors notre unique occupation.

Alice repéra quelques bâtiments à vendre que nous visitâmes en riant. Notre choix ne pouvait être qu'une plaisanterie, une galéjade. Vivre sérieusement à son bras ? Jamais !

Elle me montra d'abord une série de cabanes nichées dans les arbres non loin de Bordeaux, un ex-établissement hôtelier à vendre qui proposait aux rêveurs de crécher perchés. C'était délicieux de moelleux, exquis d'inattendu. Et puis le fond de l'air était rempli de gazouillis, une tempête de cui-cui. Mais je ne nous voyais pas mener une vie tout entière tournée vers les vertiges scabreux de l'indécence dans ces cabanes sylvestres. Le pittoresque n'est-il pas l'ennemi de l'excès et de la perfection ?

Alice dénicha ensuite un château à l'abandon parmi les taillis et des ronces conquérantes. Cette bâtisse repeinte de passé, en partance pour l'oubli, possédait un charme évident.

La princesse de Clèves n'était pas loin, et sur le parquet on devinait les pas feutrés de Madame de Merteuil et les bottes de Valmont, tous deux livrés à leurs vices. La pellicule de mystère qui recouvrait ce château délabré prédisposait à la rêverie, excitation qui sécrète des endorphines utiles pour aimer. Mais vole-t-on à haute altitude dans le féerique ? au spectacle de la noblesse emplumée évanouie ? Une façade ronflante est-elle appropriée pour fréquenter les anfractuosités de son âme ? et les ombres du désir illimité ? Pour s'enivrer de l'autre et de soi-même, ne faut-il pas un décor plus porteur de situations interrogeantes ?

C'est ainsi que je tombai en arrêt devant un bâtiment des plus bizarres, pensé au XVIIIe siècle par l'ahurissant Claude-Nicolas Ledoux, l'inventeur de cités industrielles utopistes démentes et inachevées comme celle d'Arc-et-Senans.

Ce minuscule rendez-vous champêtre avait été édifié au sommet d'un des rares pitons rocheux du pays bordelais, au bord de la seule falaise calcaire de la région, autant dire en bordure du ciel. Une folie de pierre blonde, le dernier vestige d'une cité oubliée aujourd'hui que l'incroyable Ledoux avait conçue pour que l'amour y fût possible, y fût aimé.

Ledoux n'était pas sensible aux vertus aphrodisiaques du pouvoir, comme la plupart de ses collègues. Ses rêves provenaient du même tonneau que celui de Swift, celui des Danaïdes les plus imaginatives. Tout avait été agencé pour que les époux vivent ensemble, mais à juste distance. Dans sa sagesse, il avait voulu que dans sa cité la parlotte fût interdite, le mutisme lui paraissant le moins cher des aphrodisiaques, l'inévitable carburant des beaux délires sensuels.

L'agent immobilier qui zozotait devant nous en tapotant sur son smartphone désespérait de trouver un acheteur ou même un locataire, bien que le bien fût situé en bordure de la commune de Saint-Émilion.

Qui donc voulait encore s'embarrasser d'une maison inchauffable à double escalier, à double porte et à double salon séparé par un miroir sans tain conçu par des maîtres verriers vénitiens ? Les couples pouvaient y séjourner sans jamais se croiser tout en se voyant. Les braves clients modernes, gavés de Tinder et rompus à la fast-baise, ne voyaient désormais que malfaçon dans une telle disposition foldingo incitant à la lenteur et qu'incommodités dans ce chef-d'œuvre de l'intelligence du XVIIIe siècle galant. D'autant que, classé à l'inventaire des Monuments nationaux, l'édifice ne pouvait être remanié.

Nous entrâmes par une porte dérobée, réservée jadis aux amours ancillaires et aux serviteurs de petite vertu assignés à la noble tâche de «finir les dames», disait-on, lorsque les messieurs se montraient trop pressés, bref à tout le rebut des amours dites «de seconde fierté». L'escalier était raide, ce qui ne manquait pas d'à-propos. Hors d'haleine et la tête pleine de tournis, nous découvrîmes que les intérieurs étaient divisés en deux appartements symétriquement disposés mais étanches, interpénétrés de fenêtres closes.

Une seule zone cinglée m'intriguait vraiment : celle du grand miroir sans tain. Une pièce monumentale argentée en verre, voulue par Ledoux et réalisée à Murano, qui permettait de voir l'autre à son insu ou de se montrer à l'autre afin de se révéler sans rien dire – selon son humeur. Tout l'esprit vénitien était condensé dans ce chef-d'œuvre du XVIIIe. On n'accédait à ces logements distribués symétriquement, à la fois scindés et intriqués, que par cet escalier raidillon et les deux portes d'entrée distinctes ouvertes par une même clef. Pour la bonne marche du couple, l'énergumène Ledoux avait recommandé que la femme et le mari occupent alternativement l'appartement où l'on se dévoile et celui où l'on scrute l'autre pour en connaître les mystères.

Alice et moi nous dévisageâmes.

— C'est ici que je veux vivre notre amour, lâcha-t-elle.

— Pardon ?

Sur le ton de l'évidence, Alice ajouta avec une joie gloutonne :

— Ce chef-d'œuvre architectural ne nous autorisera jamais à nous contenter d'un quotidien conjugal amputé d'érotisme débridé.

— Soit, mais...

— Ni à nous acclimater à une vie maritale amenuisée, faite de plaisirs négligés et de désirs effilochés. Ici, on ne s'enlisera pas dans un amour hâtivement consumé et donc... déjà fané.

— Allô ? Ici la Terre. Alice, on ne va pas vivre chez un fou du XVIIIe siècle !

— Du siècle de Laclos, mais aussi de Ninon de Lenclos.

— OK pour les people glamour du moment ! Ils en avaient peut-être sous le pied. Mais ce décor est étrange, un truc de grand malade. Pour voyeurs ! On est d'accord ?

S'avançant devant le miroir sans tain, Alice déclara :

— Nous pourrons vivre ensemble très simplement... en nous regardant, sans jamais nous toucher, jamais nous caresser, sans jamais nous sentir ni jamais nous posséder autrement que par l'imagination. En dégustant l'embrasement effréné des sens de l'autre.

— Je le savais que t'étais encore pire que moi.

— Seuls les fêlés laissent passer la lumière ! rit Alice.

— Peut-être bien, mais...

— Cette maison n'a pas été imaginée pour des habitués de l'érotisme immaculé, des amateurs de la sensualité vertueuse, mais pour des spécialistes de l'ivresse érotique et de la luxure exaltée...

— Alice...

— Cessons de patauger dans l'antichambre de l'amour ordinaire !

— Il y a des limites au délire.

— Nous la prenons !

Il était clair que ce lieu très particulier créait une situation qui, sans mots, érotisait le quotidien et enflammait nos imaginations. Ici, le quotidien ne comploterait pas contre nos désirs. Nous louâmes donc ce vestige d'un siècle où les utopies amoureuses se bâtissaient en pierre de taille.

Ce choix me paraissait un peu barré, mais l'excès de normalité chagrinait Alice. Côté poésie, cette extrémiste du cœur était du premier choix, du format à casser la baraque. Elle ne ravalait pas les façades du romantisme, elle les refaçonnait. Ah ça, l'animale n'était pas capturée par la raison ! Ni lestée du moindre calme ! Pas le genre à s'enrouler dans le beau phrasé d'une liaison pépère, comme une momie de bandelettes.

Alice me plaisait tant avec sa fougue. Elle absorbait mes regards, abolissait le bon sens, volatilisait toute morale rancie. Cette fille était le supplément d'âme d'un monde sans âme, d'un monde où l'amour n'est pas aimé.

Le jour de l'emménagement, Alice occupa d'emblée l'appartement qui permettait d'être observée, comme si elle avait souhaité que je la visse enfin. Dans tous ses états, toutes ses fragilités, ses contradictions délicieuses. Son choix m'électrisa. Elle y porta des malles lourdes et volumineuses.

Le soir même, en arrivant avec mon perroquet Alfredo, je trouvai devant ma porte une épaisse enveloppe à mon nom sur laquelle Alice avait écrit : « Vestiges d'une époque ». J'entrai et m'aperçus qu'elle avait retiré tous les meubles de son appartement en ne laissant qu'un grand matelas posé à même le sol entouré de piles de livres, de montagnes de disques et d'une grande malle à vêtements. Elle n'avait apporté aucune autre affaire personnelle. Aucun reliquat de son ancienne vie. Alice n'était pas capturée par le passé, elle jouissait de l'instantané. Dans les turbulences du présent.

Mon attention fut tout de suite attirée par les romans épars qu'elle avait entassés dans toute la pièce : une littérature hétéroclite qui mêlait du Pauline Réage à du Jane Austen, qui accouplait la poésie anglaise de lord Byron à la littérature policière de Stieg Larsson et qui associait des textes philosophiques de Descartes à des biographies de Frida Kahlo. Cette littérature hybride qui peuplait à présent chaque centimètre de son appartement représentait tout ce qu'elle avait en elle de composite, un délicieux désordre intérieur qui s'épanouissait à travers ce qu'elle nommait avec gourmandise « la cacophonie de la vie ». Du fouet littéraire sur des fesses rebondies à la caresse d'un poème, tout l'exaltait.

Son appartement était à présent dépouillé de ce qu'elle avait l'air de considérer comme superflu et inutile, allégé de ce qui encombre un esprit qui se veut libre de toute restriction intellectuelle et aliénation matérielle. Elle s'était débarrassée de tout ce qui entrave la liberté de mouvement des corps et provoque des enlisements de vie conjugale. Alice aimait les grands espaces vides, faire la place à l'essentiel.

J'ouvris l'enveloppe et y trouvai quelques-uns de mes romans sentimentaux réduits en confettis. « Vestiges d'une époque ». Voulait-elle me signifier que cette littérature où j'assouvissais mes désirs et mes fantasmes était révolue ? Que nous allions vivre sans décalque ? En écrivant notre histoire sur une page blanche et en torgnolant tous les principes fondamentaux de la passion amoureuse ? Tout ce à quoi j'avais cru.

— Petite bite ! Sale rat ! Sale raton ! Minus, minus, minus ! Petite bite ! Pov'mec ! P'tit raté !

La bête à plumes se délectait de ces bordées qui me diminuaient, comme si elle avait senti opportun de me rabaisser davantage.

Alice avait découpé des fragments de mes livres pour constituer des assemblages exquis qui s'adressaient à moi, ou plutôt à nous, comme si elle avait souhaité que la littérature dans son ensemble nous prête ses mots afin d'attiser nos élans:

Cessons de
nous enliser dans
des amours palliatives, qui ne veillent qu'au confort
des cœurs étriqués et disciplinés,
celles qui n'offrent que des ersatz de sensualité.
Je ne veux pas de ces amours d'occupation
qui encombrent les esprits
au lieu d'habiter les cœurs et d'animer les corps.
De ces passions de distraction
qui divertissent les peine-à-jouir.
Je refuse d'être
une abonnée de l'amour absent,
un produit dérivé de la passion amnésique,
celle qui ne procure que des similis d'érotisme
et des substituts d'ardeur.

Mon cœur se mit à battre plus fort, un vacarme intérieur. Une femme qui parle à votre imagination en mobilisant sept livres n'est pas loin de parler à votre âme.

Je n'imaginais pas encore à quel point la vie conjugale avec Alice allait être une envolée vers les horizons les plus voluptueux du quotidien. Une embardée vers les situations les plus surréalistes. Alice transformait tout autour d'elle. Cette irrégulière apportait de la lumière et de la chaleur aux choses les plus insipides de la vie. Elle avait l'art et la manière de mêler l'ordinaire et l'extraordinaire, de saboter la banalité du quotidien. Cette fille était une panoplie intelligente, pas un catalogue d'idées fixes. Après avoir longtemps été un esprit faux, je devenais grâce à elle une sincérité en marche.

La première semaine, Alice passa trois jours sans sortir de chez elle, à lire, écrire, peindre et à écouter de la musique. Elle avait l'air enchantée de cet étirement du temps, de sa disponibilité pour elle-même et littéralement ravie de capter mon attention.

J'étais si attentif à elle que je n'entendais même plus les quolibets d'Alfredo qui s'époumonait en vain.

Je vis peu à peu Alice s'épanouir dans ce grand appartement vide où elle n'avait souhaité garder que l'essentiel, ses disques et ses tableaux, qui montraient des ciels changeants, comme si elle avait désiré être tous les ciels.

Pendant ces trois jours, elle accrocha des poèmes sur des fils avec frénésie : des pages arrachées à tous les livres qu'elle avait dévorés et habités. Lorsqu'elle ouvrait les fenêtres, les feuilles frissonnaient. Flottait comme un air de liberté et de poésie. Des farandoles de René Char, des guirlandes de Cocteau. Les vers infusaient dans l'air de son domicile. J'étais captivé par la manière dont elle était heureuse en ne se contentant que de ce qui est important. Pourtant, elle me semblait complètement insensée. Comment vivre avec une femme pareille ? avec une fille qui se laissait à ce point exister au fil de l'eau ?

Sans filtrer ses émotions.

Parfois, je la voyais pleurer à grosses larmes en lisant un livre avec un je-ne-sais-quoi d'emporté, puis elle dansait sur une musique. Alice pouvait se mouvoir d'un bout à l'autre de l'appartement sans être encombrée par les meubles qu'elle avait révoqués. Puis elle riait à foison en regardant un film qu'elle désirait sans doute me faire découvrir. C'est comme cela que je revis *À bout de souffle* de Godard et qu'elle m'enivra de la liberté des personnages qui s'accordent eux aussi le droit d'être ce qu'ils sont. Avec des grâces d'athlètes du grand culot.

Partager son quotidien s'annonçait comme une cavalcade de situations rocambolesques.

Un jour qu'elle dansait en écoutant de la musique avec un casque, je m'aperçus que de l'eau coulait sur le sol, en provenance de sa salle de bains. Alice avait dû oublier de fermer les robinets de la baignoire ! Je tapai sur le miroir de toutes mes forces ! Elle ne m'entendait pas.

Paniqué, je pris ma clef et surgis en trombe dans son appartement. Éberluée, elle me vit sprinter vers la salle de bains pour… assister au naufrage des lieux : dix centimètres d'eau ! Aussitôt, je pris des serviettes et commençai à éponger. Avec le plus grand calme, Alice apparut et me dit :

— Que fais-tu ?

— Ben… aide-moi !

— Tu vois bien que j'ai eu raison de virer toutes les affaires !

— …

Le naufrage passé, je regagnai mes pénates. Nos

deux portes contiguës formaient comme un pont-le-vis.

À mon retour, mon perroquet vénézuélien m'envoya une bordée salée :

— Sale raton ! Sale rat ! Petite bite ! Pov'mec ! Minus, minus, minus ! Petite bite ! P'tit raté, p'tit raté !

Ce genre de péripétie aurait teint en blanc tous les cheveux d'un homme ordinairement constitué. Mais Alice me plaisait.

Son impudeur exaltée me révélait sa religion du plaisir et du bonheur mozartien. D'évidence, elle jouissait en se montrant à moi, en étalant ses charmes et en m'ensorcelant de désir.

Au sortir du bain, elle traînait généralement nue. Incendiée d'être désirée, elle lançait sa serviette sur le lit et se laissait sécher dans des positions indécentes qui faisaient de moi un homme-joie. Parfois, elle cuisinait nue dans son appartement désert. Souhaitait-elle me signifier que l'on pouvait mêler le trouble érotique aux gestes du quotidien ? Me dire que faire cuire un œuf pouvait être excitant ? et que l'appétit sexuel n'avait pas à être cantonné dans l'espace clos du lit ?

Son taux d'impudeur m'enchantait.

Alice était un gisement de trouble.

Pendant les dix premiers jours de notre installation ensemble mais séparés, nous restâmes ainsi chacun de notre côté de la maison.

Heureux à temps complet.

Un soir, je la vis scotcher des documents. Je m'approchai et m'aperçus avec délice qu'il s'agissait de mes relevés de banque auxquels elle avait accès ! Sans doute les avait-elle affichés pour me signifier que si je la voyais à travers le miroir sans tain, elle continuait à me surveiller de près à travers mes relevés de carte de crédit. L'aspect « fenêtre sur cour » de notre situation fonctionnait à double sens.

Éberlué, je me penchai et vis ce qu'elle avait souligné en rouge et commenté. Son écriture avait quelque chose de dansant. Alice avait procédé à l'annulation d'une réservation d'hôtel à Montréal où je devais me rendre pour la promotion d'un roman, au motif que l'établissement ne la faisait pas rêver, puis elle avait arrêté une nouvelle réservation dans un établissement qui la grisait. Son accès à mon compte en banque – via les réseaux internes de la banque – lui permettait cela, à mon insu.

Alfredo souligna d'une volée d'injures que j'étais en train de perdre le contrôle de ma vie :

— P'tit raté, p'tit raté ! Petite bite ! Sale rat ! Sale raton ! Minus, minus, minus !

Au même instant, je reçus un SMS m'avertissant que la compagnie Air Canada venait de débiter ma carte de crédit. Alice avait acheté un second billet pour elle. D'évidence, elle imaginait vivre avec moi à temps plein, déplacements professionnels inclus. Cela fit bondir mon cœur.

De temps à autre, je recevais des SMS de ma banque – donc d'elle – m'avertissant qu'elle avait annulé une commande de chemises blanches sur un site de renom et procédé à la commande d'autres chemises. Lesquelles ? Voulait-elle modifier mon aspect ?

J'allais d'étonnement en étonnement. Le paquet de

chemises que je reçus en remplacement de ma commande me laissa pantois. Une flottille de liquettes
bariolées qui me paraissaient plus appropriées pour
un concert rock que pour mener une vie d'écrivain
– qui d'ailleurs n'écrivait plus.

Pourtant un soir, je rentrai dans notre décor XVIIIᵉ
et constatai qu'Alice avait disparu. Une lettre d'amour
m'attendait :

> « Mon Frédéric, mon apprenti Zarathoustra,
>
> L'excès de normalité, ce puissant somnifère qui
> fait agoniser les cœurs et cadavérer les corps, ne
> doit pas faire partie de notre vie conjugale.
>
> Chez nous, l'ordinaire doit être extraordinaire, le
> calme fou.
>
> Je ne veux pas des débris de vie.
>
> J'exige le vertige.
>
> À temps plein.
>
> Peux-tu penser à faire venir le plombier ? Les
> toilettes sont bouchées de mon côté. Et appelle
> le ramoneur si tu y penses. La cheminée fume
> beaucoup. »

Je m'exécutai en gentil mari qui prend soin du
domicile conjugal. Sauf que nous ne baisions que
parcimonieusement (l'onanisme est une baise). Le
plombier déboucha ses toilettes, mais, la tuyauterie
communiquant, il provoqua un reflux d'eaux usées
chez moi, un gros débordement de mes toilettes. Le
quotidien avec cette femme ne présentait pas que des
avantages…

Un dernier SMS m'avertit que je venais d'être débité de 1 274 euros au profit d'une librairie ! Qu'avait-elle donc acheté ?

L'absence d'Alice s'étira deux ou trois jours, sans qu'elle publie rien sur sa page Facebook ou sur son compte Instagram. Aucun indice. J'ignorais où elle était partie ondoyer.

Un matin, je reçus un petit mot :

« Mon chéri,
Je suis à toi souvent et à moi à chaque instant. Ma liberté ne serait pas heureuse si je ne prenais pas plaisir à te montrer qui je suis en réalité et comment je vis.
Tout m'est un délice quand tu me vois !
Ma liberté n'est belle que parce que tu y participes.

Alice »

Le lendemain, je m'éveillai et découvris sur le miroir une feuille blanche scotchée. Alice y avait inscrit une liste de courses :

À acheter en abondance

— Du PQ quadruple épaisseur afin que le luxe fasse du bien à chaque partie de notre être.
— Des œufs bio en vrac.

— Des préservatifs maison en boyau de porc bio. Dénicher de l'excellent cochon…

— Une édition La Pléiade de Jacques Prévert (si ça n'existe pas, engueuler le libraire) + tout le Prévert disponible.

— De la crème fraîche helvétique (maxi épaisseur, vitamine D incluse en surdosage grâce aux alpages du Tessin ou du Valais coquin).

— Une ou plusieurs tartes Tatin d'exception.

— Du papier de soie et de la colle pour fabriquer une montgolfière.

— Deux paires d'échasses afin de voir la vie de plus haut ensemble.

— Ce qu'il faut de carottes déjà râpées avec amour.

— Du débouche-évier au cas où.

— Des filets de saumon vraiment sauvage.

— Trois citrons choisis avec discernement.

— De l'aneth enchanteur.

— Des biscottes briochées bien entendu.

— Quelques essais sur le Talmud afin d'apprendre à faire de notre vie un vaste et funny questionnement sans fin.

— De divins dessous féminins (taille XXS, bonnet A) à en devenir scandaleuse comme tu aimes, à déguster à toute heure.

— 250 g au moins de beurre salé.

— Trois bouteilles d'excellent bordeaux (préférer les Graves).

— Des serpillières au cas où pour la salle de bains !

Je fis aussitôt les courses et les déposai sur nos paliers respectifs. Nourrir sa belle est plus qu'une joie : une extase, une pulsion.

Le soir, Alice avait cuisiné pour nous deux avec les ingrédients de la liste de courses et déposé nos repas sur des plateaux de part et d'autre du miroir. En couple « normal », nous dînâmes chacun de notre côté. Délice si soudain d'être normalisés en parallèle, d'ajuster nos gestes.

Pour avoir la paix, j'avais posé un drap noir sur la cage d'Alfredo.

Après ce dîner en tête à tête faussement solitaire, nous nous brossâmes les dents de concert, en partageant nos bruits corporels légers qui se glissaient par les aérations. Notre quotidien avait un goût d'interdit.

À 2 heures du matin, j'entendis monter une musique qui jazza l'air, gonfla nos humeurs et satura l'obscurité. Une bouffée tonique. Je me levai et regardai à travers le miroir.

Alice se tenait dans le grand salon, dansant devant le feu qu'elle avait allumé, osant des déhanchés suggestifs frisant l'incandescence, tout en hurlant sa joie avec des stridences de folle. Et des gestes comme des phrases sèches. Arc-boutée sur ses jambes droites et musclées, sautant sur le damier des parquets anciens, métissée de joie et de plaisir d'être née, les hanches furieusement libres, tandis que le reste de son corps demeurait immobile dans l'axe du visage et du cou, elle chantait en anglais en mastiquant ses mots. Et soudain un tumulte de gestes.

À 2 heures du matin !

124

Ses dents superbes jaillirent de son sourire. Ses yeux extatiques ne cillaient plus. Appliquant sa règle numéro 1, Alice ôta son string et le fit tournoyer. La banquise de sa bonne éducation craquait. Accroupie en kangourou, jambes écartées et glapissant sa joie, elle toupilla, battit des mains. Heureuse de son indécence, de sa liberté. L'étonnement me fit bander. Elle feignit alors de trébucher sous le choc de projecteurs imaginaires, comme illuminée par une poudre d'électricité. Chacune de ses réactions devint foudroyante, terriblement excitante. Elle entra enfin totalement dans le rythme de la musique, en épousa la syncope comme si elle avait mimé un orgasme.

À mon tour, devant le miroir, je me mis à danser avec elle et m'enroulai dans son plaisir. Je me jetai dans la mélodie de nos corps heureux, si bien accordés. Chaque bout de moi, séparé, scandait le tempo. Chacun de mes os jouait un morceau avec elle. Je devenais élan vital immédiatement transmissible. Nous étions de la tribu des grands vivants. Pulvérisant les périodes musicales, Alice moulait nos vieux gestes, pilait ma gestuelle, enjoyait ma carcasse rouillée, électrisait ma peau.

Soudain, elle referma sans le faire exprès la trappe de sa cheminée qui se mit à fumer et, continuant à se déhancher, cuisses ouvertes, sensuelle à souhait, elle se laissa envelopper par la fumée noirâtre tout en ôtant peu à peu sa robe fluide. À l'instant où elle fut toute nue, elle disparut dans l'obscurité des volutes.

Après le bain, c'était à présent sa cheminée qui débordait.

Je paniquai. Mais comment faisait-elle pour vivre au quotidien ? Allait-elle se laisser intoxiquer par le monoxyde de carbone ? D'un bond, je jaillis dans son appartement et fonçai vers une fenêtre pour aérer. Où était-elle donc passée ? Tandis que les fumées refluaient, je toussai, ne la trouvai pas.

La musique trépidante s'acheva, laissant la place à un tango étiré. Le miroir m'attira. Quelqu'un frappait de l'autre côté. Était-ce elle ?

Derrière la glace, je la vis alors allumer les lumières, rendant soudain le miroir sans tain presque transparent. Elle était là, nue, offerte. Alice colla ses seins et me fit signe de venir vers elle. J'ôtai ma chemise d'épais coton blanc et, torse nu, me posai contre la surface qui dessinait ses formes. Nos corps coïncidèrent enfin, suivirent leurs frémissements portés par les ondes puissantes du tango. Troublés par cet accolement étrange, nous nous cherchâmes, caressâmes le dessin de nos nudités. Nous vivions une proximité distante, une intimité aussi absolue que froide, puisant dans notre séparation une ferveur augmentée. On jouait à se donner envie. À l'impudeur absolue, au bonheur.

Enfin Alice éteignit les lampes de son côté et son image disparut.

Je restai seul, nu face au miroir, stupéfait d'être avec moi-même dans le plus simple appareil, effaré par la scène qui venait d'avoir lieu, rempli de notre liberté, et me sentant un peu ridicule aussi.

C'est ainsi que se passa notre premier « accouplement » chez un architecte utopiste du XVIIIᵉ siècle.

L'imagination seule avait été comblée. Mais n'est-ce pas déjà énorme de lui insuffler l'espoir de la perfection érotique ? et le goût de l'amusement sensuel ?

Le lendemain, je rentrai de mon côté.

Un drap était tendu devant le miroir.

Je le tirai d'un coup sec et constatai que le miroir sans tain avait été démonté, laissant un trou énorme dans le mur qui nous séparait. Je pénétrai de son côté. Alice avait réaménagé sa partie, l'avait rendue comme lorsque nous avions visité et loué le tout. La totalité des meubles étaient replacés. Mais où était-elle ? Ses affaires, ses livres, ses disques, tout avait disparu.

Je retournai de mon côté et regardai un film muet. Seul. En pensant à sa grâce et en observant le trou dans le mur où se trouvait la veille encore le miroir qui donnait sur son appartement.

Silence profond. Noir absolu.

Je partis me coucher et trouvai, avec effarement, Alice allongée dans mon lit, devenu le nôtre. Elle avait transporté tout son petit monde, ses piles de livres éparpillés sur les draps, ses poèmes suspendus sur des fils au-dessus des oreillers. Elle dormait. J'entendais un bruit d'eau, quelque part. Je m'approchai et, sans bruit, me glissai entre les draps où dansait son parfum, l'odeur de sa chair.

Elle s'éveilla en Belle au Bois dormant, me sourit.

— Tu as tout cassé ? lui demandai-je.

— Cette maison n'avait qu'un seul défaut : le miroir qui nous séparait.

— On est ensemble ?

— On l'a toujours été, Frédéric. Être à toi en liberté, en te rassurant, c'est ma raison d'être.

— C'est fou que la vie poétique soit possible.

— Le bain ! Tu as arrêté les robinets ?

— Heu…

6

Les semaines qui suivirent furent peuplées de jours miracles. Tout ce que j'avais toujours redouté dans le quotidien se révéla une splendeur. Un émerveillement étiré, un voyage au bout du plaisir d'être ensemble, un élan spirituel et un bouquet de fous rires. Même si Alice fit encore déborder son bain deux fois.

Elle se mit à noircir des cahiers rouges, sans me dire ce qu'elle écrivait, avec une frénésie pétaradante. Que pouvait-elle rédiger avec tant de joie ?

Dans cet appartement enfin réuni, avec mon alter ego en tintamarre, je découvris la *vie poétique* à deux. L'enfilade de notre quotidien n'était plus qu'un délice qui nous traversait. L'amour s'amusa grâce à nous. Il nous hissa vers l'extase chronique. Au point que pour la première fois Alfredo cessa de tirer des bordées d'injures. Il devait nous sentir heureux et s'indexait sur notre harmonie. Nous n'avions pas à croire à ce qui nous arrivait, l'amour-joie croyait en nous. J'eus le sentiment extraordinaire et très vrai que nous étions vécus par nos sentiments, allégés par notre désir.

Tout devint plus simple, et surtout plus drôle.

Sauf les heures à éponger le sol de la salle de bains

car elle n'avait pas la moindre envie de guérir de sa distraction qui humidifiait les lieux.

Notre existence n'était plus qu'un ragoût d'inattendu, une fricassée d'érotisme.

Nous fîmes l'amour entre sept et dix-sept fois par jour, accompagnés par les sifflements admiratifs de mon perroquet vénézuélien. Pas toujours à la perfection car un miroir, ça reste froid, mais nous eûmes notre part de ciel. Alfredo le sentait bien. Nous cessâmes de copuler momentanément pour mieux entrer dans des journées orgasmiques, où baiser fut la trame même du quotidien. Nos autres activités – cuisiner frénétiquement, déguster un film, remplir des documents administratifs, répondre au téléphone, que sais-je encore – représentaient les entractes d'une longue pièce érotique. Entractes peuplés de rires chroniques, très partagés, exaltés, saupoudrant de bonne humeur la moindre de nos initiatives baignées dans notre hilarité.

Oubliant qui j'avais été, je cessai d'être le moraliste verbeux du couple. J'arrêtai d'être plein de phrases, bourré d'allégeances à des convictions vétustes sur l'art d'aimer, je révoquai mes doutes, toutes mes manies de rescapé de la passion, de banni du paradis.

Pour elle, je devins le paradis.

Un paradis baigné dans un halo nietzschéen-hindouiste. Rehaussé de rythmes cubains que j'écoutais non-stop.

Cet appartement réunifié devint l'endroit du monde le plus proche du ciel.

Alfredo sifflait à longueur de journée.

Quand ma main caressait le cul frissonnant d'Alice, on ne savait plus si mon geste était volontaire ou si son derrière ferme se moulait dans la chaleur de ma main. Lorsqu'elle me tendait ses lèvres, elle y logeait une dose d'éternité qui abolissait l'ordinaire des jours. Et quand je me retrouvais au plus profond d'elle, c'était quasi par mégarde que mon sexe s'était faufilé dans le sien, comme aimanté. Dur j'étais dans un perpétuel garde-à-vous, alors qu'avec Nathalie il m'était arrivé de me croire en panne, laminé par une impuissance précoce, équipé d'une bite en préretraite. J'appris ainsi qu'un homme emporté par un amour-vie devient un animal multi-orgasmique qu'à peu près rien ne peut brider dans ses élans. Le besoin traditionnel de repos après l'éjaculation ne le concerne plus. Tout comme notre élan de rire se trouvait impossible à interrompre tant notre gaieté illimitée sous-tendait chacun de nos échanges, une gaieté absolue, une gaieté de principe, une gaieté de plein droit.

Jamais je ne fus aussi léger que dans ces heures partagées. Porté par son rire, régénéré par nos orgasmes en rafales, intoxiqué de bonheur contagieux, plus rien ne me semblait impossible.

L'amour braque a cette vertu de surclasser la volonté et d'effriter les obstacles. Aussi ai-je réagi quand Alice m'a confié, navrée, au détour d'une conversation légère :

— Il ne me reste plus que deux points sur mon permis de conduire. On m'en a piqué six après mon anniversaire, un contrôle sévère à la sortie de Saint-Émilion.

— Qu'est-ce que tu as encore fait ?

— J'ai gueulé, pas loin de tarter les poulets, ça les a agacés.

— Qu'est-ce qui t'a pris ?

— Je dois faire un stage de récup, mais ce n'est pas grave.

— Et si je te les rendais, tes points ? m'entendis-je lui répondre.

— Pardon ?

Que m'a-t-il pris ? Avec la frivolité d'un gamin terrible, j'appelai dans l'instant la préfecture à Bordeaux et obtins sans délai le nom du directeur de cabinet du préfet de la Gironde, un certain monsieur Telgruc. Puis, me retenant de rire, je décrochai mon téléphone et me glaçai d'un air d'officiel courroucé, tout en composant le numéro de la gendarmerie de Saint-Émilion.

— À quoi tu joues ? me demanda Alice, éberluée.

— Je joue à tout ! Everything is possible !

— Qu'est-ce que tu fais ?

— Allô ? La gendarmerie de Saint-Émilion ?... Bon... Ici monsieur Telgruc, directeur de cabinet du préfet... Vous avez verbalisé une agente de nos services qui rentre de Beyrouth... Une amie de la France, on lui doit beaucoup. Le Hezbollah l'a beaucoup secouée... violée sans parcimonie, vous comprenez ? On vient de recevoir un coup de fil du Quai d'Orsay. Le ministre vous serait reconnaissant de lui remettre les points de son permis. La France lui doit bien ça.

— Bien, monsieur, bien sûr... Dites à monsieur le préfet que ça sera fait... Ah non ! On a déjà transmis le dossier au tribunal de police de Bordeaux, mais appelez-les !

Déconfit, je raccrochai. Alice me traita de grand malade, hurla de rire, me somma d'arrêter ce jeu, mais j'augmentai encore les enjeux en modifiant les noms. Ce monsieur Telgruc devait connaître tout le monde au tribunal de police de Bordeaux, dans la même ville. Je pris donc un air martial, appelai le tribunal et... me fis passer pour le directeur de cabinet du ministre de l'Intérieur français. Mon interlocuteur manquant de docilité, je le rabrouai avec la dernière rudesse en lui rappelant mon titre ! Le malheureux récolta une ample moisson d'attributs désobligeants. Mon aplomb et ma manière pétaradante furent tels qu'en quelques minutes, l'homme amoureux que j'étais fit rendre à Alice l'intégralité de ses points. À l'autre bout du fil, le gradé capitula avec toute la bassesse d'une cléricature d'État en mal de servitude. Alfredo me siffla d'un ton admiratif.

— Mais, mais, mais..., bégaya Alice, tu es complètement barré.

— Non, amoureux. Donc tout-puissant !

— S'ils tracent ton téléphone, Frédéric, tu es mort. Usurpation d'identité d'un détenteur de l'ordre public !

— A-MOU-REUX ! Je te dis !

— Tu vas finir en taule ! Aux galères !

On éclata de rires enfantins, de rires allègres.

Notre perroquet vénézuélien jubilait dans sa cage et répétait en boucle : «Bravo p'tite bite ! Bravo ! Bravo p'tite bite ! »

Quel bonheur d'être ensemble, de rire ensemble !

Nous le savions, jamais notre amour ne serait un monument désaffecté, une église désertée, un préservatif sans usage.

Avec nous, la passion intégrale était le désanesthésiant le plus puissant, la potion qui simplifie le destin. Électrisée par ce coup de folie, Alice mit un flamenco de fou furieux, cambra ses vertèbres une à une, improvisa des castagnettes avec des cuillères, se mit une passoire sur la tête et se lança dans une danse fiévreuse qui m'emporta.

Aimer, n'est-ce pas tout oser ensemble ? miser sur le cœur de l'autre et faire tapis sur un coup de folie ? Ce n'étaient pas des points de permis de conduire que je venais de lui faire remettre, mais de vivre furieusement. Avec toutes les fièvres de l'érotisme en bonus. En jouant comme des enfants, nous pénétrâmes instantanément dans l'indéfinissable empire des songes où l'amour rend tout possible.

Soudainement, il n'y eut plus de vraie limite entre l'infini et nous.

7

Juchés sur notre bonheur, on se mit à casser le mar-
ché des amants de qualité. Aucun homme, aucune
femme, même doués pour l'hyper-romantisme,
ne pourraient jamais surclasser le fabuleux qu'on
s'accorda. Et ça dépota sec, vu qu'on ne rationnait rien
dans tous les domaines, spiritualité incluse, alors que
côté élans célestes, j'étais toujours resté en rade dans
les cathédrales, sec au fond des synagogues, l'âme
en berne même au milieu de la grande mosquée de
Damas. Avec Alice, je voyais le ciel en regardant son
cul.

Les contes de fées, ça ne vaut rien, je vous le dis.

De la piquette.

Ça godille dans le petit, l'émoi riquiqui qui se veut
tempête. Walt Disney vise trop étriqué avec ses trémo-
los pour prince sur un cheval pas vraiment blanc. De
la gnognotte à côté de la pureté surdosée qu'Alice et
moi on s'envoya dans le cœur, l'âme et le corps.

Le grand Walt, prétendument expert du vertige
princier, qu'est-ce qu'il prétend ? qu'en s'égosillant
« un jour mon prince viendra » les cieux vont s'ouvrir
et faire rappliquer le gonze ? Eh bien nous fîmes

mieux. Bingo ! Jackpot sentimental à gogo ! À s'en faire péter le cœur. Pourquoi économiser les violons de la vie ?

Ainsi, un après-midi, sous un ciel caniculaire, endimanché dans une tenue de prince que j'avais dénichée à vil prix chez Emmaüs, je louai un cheval dans le club hippique voisin et vins cueillir ma belle à son balcon, à dos de canasson immaculé, comme le font tous les princes de contes.

Dans mon filet à provisions de prince du quotidien, j'avais emporté :

> un programme télé,
> une perceuse,
> une râpe à fromage,
> des cornichons,
> une paire de chaussons,
> une brosse à cheveux,
> une poêle,
> des filtres à café,
> un livre de recettes,
> du fromage blanc 0 %.

J'en avais plein les bras de ce gros filet, à m'en briser le dos sur ma jument.

Quand elle me découvrit ainsi, accoutré en seigneur du XXIe siècle, sur ma Rossinante blanche, en pleine rue bordelaise, Alice me trouva très ridicule, je le vis bien. Tant de magazines lui avaient tartiné que l'amour des contes n'est qu'une illusion pour assagir les petites filles qui rêvent en grand, une fiction toxique pour les bercer de rêves conventionnels et les affubler de rôles officiels, un mythe à l'ère des relations périssables. Mais là, elle vit bien mon Alice, tandis que je beuglais son prénom sur mon cheval blanc en brandissant une épée de bois sous les yeux médusés des passants, que les contes doivent être non pas ridiculisés mais amplifiés, dépassés, augmentés.

Elle éclata de rire tandis que je tentais d'escalader la façade nord du bâtiment avec mon filet. Nous étions aussi barrés d'amour l'un que l'autre. Je sus alors que plus jamais avec elle je ne freinerais ma folie sentimentale, plus jamais je ne réduirais la voilure de ma démence comme avec toutes les sérieuses qui avaient voulu me contenir, au lieu de décoller avec moi à la verticale. Loin de ces pinailleuses qui prenaient la féerie avec de grosses pincettes, Alice entra dans le jeu tout de go et plaça son poste radio sur le balcon en distribuant à toute la rue une volée de violons. Mon cheval prit peur, décampa au triple galop et disparut à l'angle de la rue. Alice lança un soulier comme dans *Cendrillon*. Je l'attrapai avec la certitude d'être définitivement « *the charming prince* », l'unique, le vrai, estampillé éternel. Quelle grâce de ne plus rien juguler en soi ! On rigolait comme des fous, les badauds aussi, tout étonnés de voir qu'on avait au XXIe siècle le droit d'habiter un conte, le droit d'envoyer bouler tous les adversaires rancis de l'amour idéaliste, le droit de regarder sa belle comme plus belle que Blanche-Neige, Cendrillon, Ariel ou Raiponce ! On s'accordait mutuellement le droit fabuleux d'être mieux que des contes. Et Alice chantait à son balcon en imitant

Blanche-Neige «un jour mon prince viendra», sans se seriner que cet écart était un gros pas en arrière pour la condition féminine. Elle jouissait comme une folle d'être enfin folle, comme ça doit être.

Nous n'avions plus l'âme barbouillée de certitudes pauvres.

Arrivé finalement jusqu'au balcon avec mon filet à provisions sous les vivats de la foule, je l'embrassai avec tout ce que la fougue permet d'élan. Puis je sautai dans l'appartement sous les sifflements d'Alfredo.

Pendant qu'Alice était occupée à organiser par ordre non alphabétique (selon un classement dont elle seule possédait le secret) tous les livres qu'elle avait entassés chez nous et qui recouvraient à présent chaque centimètre du sol, je mis un soin maniaque à ranger le contenu de mon filet à provisions comme elle l'exigeait :

— Peux-tu ranger la poêle dans la salle de bains ?

— Pardon ? fis-je, étonné.

— Dans la salle de bains, le meuble sous le lavabo, entre la boîte à pharmacie et la trousse de toilette, au-dessus des serviettes de bain, mais au-dessous de mes protections hygiéniques.

— Dans la salle de bains ?

— Oui.

— Dans la salle de bains ? (*bis*)

— Tu le fais exprès ? me répondit-elle sur un ton agacé en levant les yeux.

— Pourquoi est-ce que je rangerais la poêle dans la salle de bains ?

— Et pourquoi pas ?

— Donne-moi une seule raison de ranger cette maudite poêle dans notre salle de bains.

— Parce qu'elle n'a rien à y faire ! s'exclama-t-elle, comme si ma requête était d'une absurdité cartésienne.

— Tu veux vraiment qu'on s'engueule ?

— Oui.

— Vraiment ?

— Absolument ! Puisque tu n'entends rien !

— Qu'est-ce qui te prend ?

— Pourquoi ne veux-tu pas ranger la poêle dans la salle de bains ?

— Parce qu'elle n'a rien à y faire !

— Ah tu vois ! s'écria-t-elle avec cette impertinence qui enflammait mes sens.

— Alors, pourquoi l'y mettrais-je ?

— Où voudrais-tu la mettre ?

— Dans la cuisine par exemple, soufflai-je, fatigué de cette discussion insensée.

Pour toute réponse, Alice me tendit la couverture d'un roman de Sagan :

— *Bonjour tristesse.*

Elle rangeait la catégorie « romans substantiels ».

Je lui répondis par un Stephen King :

— *Couple modèle !*

— C'est ce que tu veux ?

Je lui brandis ma plus belle édition d'un Finkiel-kraut :

— *Un cœur intelligent.*

Elle m'opposa un Flaubert :

— *Un cœur simple.*

Je lui balançai à la figure une édition de poche d'Amélie Nothomb :

— *Stupeur et tremblements.*

Elle répliqua par la biographie de Chateaubriand par Jean d'Ormesson, qui m'atteignit en pleine figure :

— *Mon dernier rêve sera pour vous.*

On se fixa et on éclata de rire.

Alfredo exultait en sifflements tropicaux ! Pour ne pas nous érafler l'un l'autre de mots piteux et injurieux, nous avions décidé de nous ébrécher avec les plus beaux blasons de la littérature. Sagan, Flaubert et Nothomb, en entremetteurs absents de notre querelle, avaient désarmé nos deux cœurs éraillés.

À compter de ce jour, Alice m'offrit des kilomètres de nouveaux livres qui participèrent à ensevelir notre appartement, et en retour, je lui en adressai des kilos. Il nous sembla à tous deux très évident que s'aimer signifiait s'offrir des romans pour atteindre au quotidien l'extrême soi.

C'est ainsi qu'un jour, un libraire sonna à notre porte pour déposer un stock prodigieux, une pluie d'ouvrages sur le palier, un déluge de romans, d'essais, de revues, de recueils, de bandes dessinées. Sur le bon de commande, je reconnus le nom de la librairie qui avait débité inexplicablement mon compte bancaire de 1 274 euros.

Ah, mais pourquoi cette félicité claustrale et sans nuages n'a-t-elle pas duré toujours ?

8

À chaque instant, Alice me faisait découvrir la télépathie sexuelle : je bande, donc tu deviens trempée à t'en déshydrater. Chaque matin, chaque midi, chaque nuit, ce fut un soleil d'Austerlitz. Nous fûmes victorieux dans nos draps, sur les meubles, dans la baignoire, partout. Nos coïts ressemblaient à des pastiches d'exercices de gym athlétique. Un vrai marathon à en perdre le souffle, à en perdre la tête.

Si bien que la baignoire ne cessa plus de déborder !

Je regardais Alice en affamé, en assoiffé de poésie, en éternel insatiable d'élan de vie, mû par cette fureur de vivre qui agrandit le monde. Alice était une vadrouille littéraire, un roman téméraire, une pièce, un sonnet qui enchantait mon perroquet heureux.

Mais que pouvait-elle bien écrire sur ses minces cahiers rouges ?

Parfois, je me surprenais à faire un exercice mental de dédain pour cette exaltée grand teint, comme si j'avais craint de lui appartenir à l'excès. Je me sentais dangereusement dépendant de sa magie et de ses charmes. Pour me distancier, je me disais : cette femme n'existe pas vraiment pour moi, j'ignore grâce à Dieu l'essentiel d'elle, je ne pense pas à elle, j'oublie ses lèvres douces, je n'imagine pas à tout instant un baiser succulent d'elle, je renonce à toute idée de ce genre, je m'abstiens de rêvasser bêtement à sa silhouette quand elle est absente, de supputer ses qualités cachées, de m'abandonner à de divines envies charnelles, d'échafauder des enchaînements débiles qui ne mèneraient qu'aux vertiges de la souffrance si elle devait me quitter un jour.

La vérité est qu'Alice demeurait une source d'extases. Même si depuis que je la connaissais, le besoin d'écrire s'était comme dissous en moi. Je demeurais asséché car trop heureux. Notre érotisme me suffisait. Plus de dépit sentimental à compenser. Plus de substituts, d'emplâtres primés, de Lexomil applaudis. Cette panne n'était d'ailleurs pas un problème. Une autre écriture ne tarderait pas à venir. J'avais réussi à atteindre ce qu'elle m'avait demandé : ne pas écrire pour vivre, mais vivre pour écrire...

Alice, elle, écrivait. Quelle victoire !

Je l'avais incitée à devenir une graphomane émérite alors qu'elle n'avait été longtemps qu'une intermittente de l'écriture. Je croyais en sa fièvre. Et sa plume désormais croyait en elle. Son stylo était intarissable tandis que le mien était comme en suspens. J'en étais si heureux. Ça m'enchantait qu'elle séjourne dans ses élans en jetant son écriture ronde sur des pages blanches.

Alice rendait ma peau heureuse.

Alice cadençait mes nuits de folies impromptues et ponctuait mes jours de poésie dantesque.

Alice était un colosse de la controverse. Elle était une et plusieurs à la fois.

Elle amplifiait notre bibliothèque de bourrasques littéraires inattendues, un cataclysme de cultures exotiques, russe, indienne… Les piles d'ouvrages s'accumulaient chez nous. Par elle, je tombais amoureux d'histoires tropicales, de batailles éteintes, de civilisations oubliées, de poèmes chinois.

Alice écrivait une langue dont les mots, serrés comme des poings, fracassaient les mâchoires.

Alice voulait que je la regarde et que je l'imagine. Alice m'exaltait de tout mon être.

Alice me brisait les côtes à me faire rire avec son humour si particulier.

Alice me faisait voyager aux confins des choses, au-delà de mes attentes.

Alice cultivait tous les défauts au superlatif.

Alice était ivre de poésie pure, ivre par réflexe, ivre par conviction.

Alice persiflait et versifiait à la volée, tempêtait contre les fades, pleurait à foison, riait à l'excès.

Alice était la vie.

Nous étions tous deux gauchers en exil dans un monde de droitiers, de cette latéralité en porte-à-faux avec le monde majoritaire. Nous portions le même nom de famille. Pour l'état civil, nous étions déjà mariés.

Si bien qu'un jour que je la vis à genoux, suant en épongeant pour la millième fois l'eau d'un bain débordé, d'une sensualité exacerbée, je lui demandai en souriant de tout mon être :

— Alice, accepterais-tu de ne pas m'épouser ?

143

— Ne pas t'épouser ? répliqua-t-elle.

— Oui, puisque tu désires un chef-d'œuvre sinon rien, acceptes-tu de ne pas m'épouser ?

Ému, je lui fis alors ma non-demande en mariage.

Je proposai, pour l'éternité, de ne jamais devenir un couple cadencé d'habitudes, cadenassé dans la quiétude. Fébrile, je m'engageai, si Alice y consentait, à fuir à jamais l'engagement franc, à haïr la plus petite nuance de félicité routinière, à vomir la patine que prend l'amour lorsqu'il se repose dans la confiance. Mon offre était limpide : ni repos ni prélassements dans le prévu, aucune calcification de notre amour, guerre à outrance contre les liens contractuels mitonnés par le Code civil.

J'achevai par un fiévreux :

— Refuse-moi ardemment ! Restons aux aurores de nos sentiments ! Au diable le champagne éventé d'un vieux mariage ! Dis-moi non de tout ton feu ! Résiste au credo moutonnier des fiancés promis aux déconfitures abjectes ! Légales ! Tout ce tintouin minable qui a fenêtre sur rue ! Ne mettons jamais les sonorités de la république dans notre idylle ! Acceptes-tu de rester l'aiguillon et le sel de notre histoire d'amour ? qu'elle ne soit jamais moisie ? Veux-tu, en règle avec nos désirs fougueux, renoncer à accrocher ton cœur à des rêves maritaux clandestins ? et que nous restions toujours ailleurs et en dehors, loin du mariage de plomb qui ignore le frisson, le songe et le murmure ? As-tu le cœur à demeurer dans les coulisses de notre sensibilité au lieu de nous pavaner dans le bonheur officiel toujours un peu truqué ?

Consens-tu à ce que nous conservions un destin en lignes brisées, une libido sans automatismes, en gardant le sens de la baise illégitime ? T'engages-tu à aimer jusqu'à ce que mort s'ensuive toutes les nuances de notre liberté ? à affûter chaque jour notre joie fantasque ?

Et j'ajoutai avec enthousiasme :

— Acceptes-tu de ne pas m'épouser ? que nous restions un amour bâclé ?

Alice me fixa, cessa d'éponger le sol.

Alfredo jubilait dans sa cage, exultait en boucle :

— Bravo p'tite bite ! Bravo p'tite bite !

Alice sourit de toute sa grâce, ouvrit la bouche pour parler, prit un visage négatif, puis positif, enfin tordu par la douleur soudaine, mâché par le rictus de l'horrible. Je la vis respirer trop, comme un poisson projeté hors du bocal, et elle s'effondra à terre, immobile. Comme si elle avait snifé un terril de cocaïne. Le regard vidé, son goût du bonheur semblait l'avoir désertée d'un coup.

Me reprenant, j'esquissai un rire nerveux et lui lançai :

— Alice, arrête… Ce n'est pas drôle !

Elle ne répondit pas.

— Alice ? Alice…

ACTE III

L'automne

1

Le prêtre, un homme frêle au regard éteint, s'avança dans le petit cimetière qui dominait le golfe du Morbihan, face à l'île de Berder. L'île d'Alice. Son corps avait été enterré à l'autre bout du globe, mais la famille avait réclamé une bénédiction en Bretagne. Une stèle fine avait été érigée. Le nom d'Alice y figurait, ainsi que la date de sa naissance et celle de sa révérence.

Au loin roulaient les vagues excessives du grand large qui se répétaient à l'infini, boursouflant l'océan, par-delà les confettis d'îles éparpillées. Les désordres marins, la fureur de l'eau saturée d'inexplicable, la furie des vents, tout dans ce paysage sauvage renvoyait au caractère indomptable d'Alice. On y retrouvait son tourbillon, son élan fluide, le pêle-mêle de sa vitalité et de son impertinence aussi.

La chasuble de l'ecclésiastique vola, se gonfla en voile violette. Sa pomme d'Adam déglutit un excès d'émotion. Ses mains tremblaient. Cousin d'Alice, l'homme voulut parler, mais le vent du grand large déroba sa parole. Un chaos de forces aériennes. On entendait à peine qu'ils avaient passé leur enfance et leur adolescence chez leur grand-mère à Berder. Cette cérémonie française me touchait le cœur. Alice avait toujours été cet être volatil qui bourrasquait tout sur son passage. Elle fulgurait au-dessus des tièdes et n'avait la frousse de rien, surtout pas de vivre à plein. Le vrai cercueil de ma bien-aimée gisait déjà au fond d'une fosse de l'hémisphère Sud, dans un caveau à deux places que j'avais acquis à la hâte. Je ne supportais pas l'idée de ne pas dormir avec elle pour l'éternité, le jour où la vie choisirait de m'allonger auprès d'elle.

Le petit morceau de temps qui nous est alloué sur cette terre est toujours déficient. Pff... Un champ d'action laissé à l'état d'abandon. Désaffecté. Falsifié d'impostures et d'artifices, amenuisé de frustrations, lacéré de privations, de compromis et balafré de regrets. Nous, on avait fait tellement mieux. Nos neuf mois de passion avaient bien été les enfants de l'amour culotté, de la folie décapsulée et de la liberté victorieuse.

Alice avait eu raison de réclamer un chef-d'œuvre sinon rien, raison de se conduire en égérie de première classe, en inspirante de premier choix.

Le prêtre termina sa bénédiction, puis il s'adressa à moi et aux débris de famille bretonne venus se recueillir. Parmi les tombes prises d'assaut par la végétation, nous formions un étrange *hub* à chagrins avec les gens de la commune qui se tenaient aux lisières du champ.

Soudain, le curé lança à la cantonade :

— Certains êtres sont des déserteurs de la vie, des

as de l'évitement. Alice fut tout l'inverse. Cette âme sans crépuscule voulut jusqu'au bout vivre chaque jour comme si c'était le dernier. Une femme hors du commun, une femme libre, une femme extraordinaire. Elle est aujourd'hui dans les bras du Seigneur.

Je pensai : elle était si bien dans les miens…

L'émotion nous gagna tous, les larmes abondèrent. Contagion de frissons. Un proche qui chemine dans la meute d'un enterrement, ne lui en déplaise, fait un voyage de groupe.

L'homme de foi poursuivit parmi les sanglots :

— Ma tendre cousine n'aura jamais vécu dans le corps d'une vieille dame. Alice rêvait d'ailleurs et de folie. Alice ne ressemblait à personne. Sa frivolité fut une sagesse, une intelligence, une ambition. Je pense aujourd'hui au cœur brisé de Frédéric, à sa peine incrustée d'horreur, au bonheur lumineux dont il sera désormais privé… à la Alice qui fut pour lui le visage de Dieu.

Sur ces mots, je m'évanouis.

À mon réveil, je pleurais encore. Anéanti, j'avais le sentiment d'avoir vécu sur cette terre tout ce que j'avais à vivre : un amour défiant toutes les lois de la gravité sentimentale, promettant une bacchanale érotique quotidienne et permanente, un cocktail d'émotions brutes et de sensations homériques.

Ne me restaient que les souvenirs de nos trois derniers mois d'expédition romanesque. En commençant par ce jour étincelant où je lui avais fait solennellement ma non-demande en mariage. Lorsqu'elle s'était effondrée dans mes bras, je crus d'abord qu'elle plaisantait. Depuis notre rencontre à Bordeaux, nous n'avions fait que jouer, jouer et encore jouer. Mais ce jour-là, Alice n'avait plus joué.

En vrac, je revis des images de l'hôpital. L'arrivée de l'ambulance emportant son corps qui clapotait dans l'eau de son bain à débordement, son absence semi-comateuse durant plusieurs heures, la mitraille des clichés de son intérieur, son réveil enfin sous l'effet de puissants adjuvants. Et cet instant démesuré où, dans sa chambre immaculée, on avait écouté le médecin qui parlait sans même nous effleurer de son regard :

— Il y a un problème. Nous avons découvert une tumeur sur votre pancréas. Le diagnostic est souvent difficile car aucun symptôme n'est observé au début de la maladie. Sans compter que les clichés ne sont que des clichés et nos bilans, que des bilans, qui peut-être... Nous ne pouvons donc pas nous avancer actuellement sur le stade de la maladie ni sur son évolution. Nous devons faire des examens plus approfondis.

Alice l'avait coupé :

— Vais-je mourir, docteur ?

— C'est-à-dire... qu'il n'est pas évident d'avoir une certitude...

— Vais-je mourir, docteur ? avait-elle insisté.

— Oui, avait murmuré la blouse blanche aux mains moites en faisant craquer les lignes brisées de ses phalanges.

— Combien de temps ?

— Votre pancréas est perclus de métastases.

— Plus ou moins de trois mois ?

— Moins.

Pris dans le glissement de terrain, Alice et moi nous étions regardés.

Un précipice s'était ouvert. Pas celui de la mort, celui de la séparation.

Je n'ai jamais eu la divination des catastrophes. L'horreur me cueille toujours à froid.

En un instant, nous passâmes ce jour-là des ultimes soubresauts d'un bonheur inouï aux premiers vagissements de notre désespoir. En fondu-enchaîné, on assista à la transition d'une extase amoureuse à un malheur de plomb, effroyable. J'allais me trouver muré loin d'Alice, exilé à l'écart de la beauté qui avait enlevé tous les murs que j'avais bâtis autour de mon cœur.

— Vous êtes sûr ? avais-je dit au médecin, tremblotant.

— Oui. Je suis désolé.

Toute randonnée a son terminus.

Comment penser l'impensable ? Comment d'un coup laisser chacun de mes goûts arriver à son terme et tous mes baux intimes expirer ? Comment imaginer de ne pas renouveler mes abonnements à la liberté de notre couple, à notre amour naissant, fulgurant, à la curiosité que j'avais pour Alice, et même aux revues qui lui plaisaient ? Comment couper brusquement avec ce qui promettait et avec ce qui nous échappait ? La tristesse réclamait soudainement sa part et je n'avais plus la force de lui répondre.

Fort curieusement, le destin nous allégea ensuite. Les êtres, les objets se détachèrent très vite, tombèrent de nous d'eux-mêmes. Son père quitta sa mère en allant chercher le pain, sans plus donner de nouvelles. Ma voiture fut volée alors que j'avais oublié mes clefs sur le tableau de bord. L'alternateur faisait des siennes, mais ma vieille Alpha avait démarré au premier tour de clef du voleur. Alfredo, notre perroquet volubile, s'échappa de sa cage et s'envola par la fenêtre à tire-d'aile. Sans doute ne voulait-il pas être témoin de la suite. En s'enfuyant, le volatile insolent me lâcha un dernier *pt'ite bite*! L'oiseau avait dû flairer que désormais mes paroles et mes gestes répondraient à ses exclamations avec une seconde de retard. J'étais à présent dans un monde dont la lumière obscurcie demandait une seconde pour arriver à celui d'Alice.

Un après-midi, alors qu'elle se trouvait à l'hôpital depuis plusieurs jours pour des examens complémentaires, je décidai pour dissoudre le temps de me plonger dans sa marée de bouquins. Je me mis à parcourir les mille et un ouvrages qu'elle avait entassés dans notre appartement. Je me baignai dans ce torrent de textes qui avaient fini par me donner la nausée. Dois-je l'avouer? J'étais saturé de vivre entouré de fantasmes littéraires où Alice s'évanouissait, n'était plus avec moi. En se faufilant dans la littérature, j'avais le sentiment que son âme m'échappait vraiment. J'avais même craint par instants qu'elle finisse par me quitter afin d'aller gonfler ses poumons dans un roman de Jane Austen.

Alice restait un mystère et j'espérais trouver des réponses en feuilletant ses livres – exactement comme lorsque j'avais lu les pages de Ronsard arrachées, ces extraits de strophes poétiques qui me l'avaient révélée.

Je découvris qu'Alice raffolait des romans d'amour tragiques, des passions toxiques qui rabougrissent les cœurs. Pour elle, l'amour n'était grand que baigné dans les ombres du malheur. Tout drap d'amant devait être un suaire potentiel. Ses notes dans les marges indiquaient qu'elle adorait les Bérézina amoureuses. Alice goûtait sans modération les amours infidèles et défaillait de plaisir devant les amours funestes. « Un cœur qui geint est un cœur qui aime », avait-elle noté en gourmet de la déconfiture. Alice semblait avoir consenti à l'idée pénible que l'amour est salaud. Elle ne concevait pas que le mariage pût être un long fleuve festif et cotonneux. L'engagement devait être cerné de précipices, oxygéné par la jalousie. Et causer d'intenses naufrages. Je la soupçonnais même d'avoir amorcé des disputes entre nous par plaisir de disséquer ensuite notre algarade. Ne m'avait-elle pas un soir reproché de lui offrir *trop de fleurs* malgré l'interdiction ? de l'avoir asphyxiée de roses de jardin ou de cascades de pivoines ? Le reproche était pour elle un ingrédient majeur pour pimenter le trouble, pour le poivrer. L'amour confortable, ça ne l'intéressait pas. Alice voulait sa ration d'éclairs, son lot de tornades.

Je dénichai des éditions annotées de sa main. Marianne, Emma, Jeanne, Elizabeth étaient pour elle des carmélites de cœur.

En piochant au hasard de ce voyage littéraire au pays d'Alice, je découvrais tous les romans qu'elle avait pour certains réécrits, raturés, augmentés avec ardeur, considérant que l'auteur les avait tout simplement mal écrits. Sans vergogne, elle s'était autorisée à démonter les styles des plus grandes plumes, à remanier les histoires de la littérature juchées sur un piédestal. Attrapant un roman drapé de Marguerite Yourcenar, elle en corrigeait les poses, biffait les émotions trop minérales et asséchées, remettait du naturel tout en respectant ses tropismes gréco-romains. Chez Proust, la jalousie lui semblant mal optimisée, elle avait rayé des passages entiers d'*Un amour de Swann*, au motif que des *longueurs* nuisaient au déploiement des sentiments, au soyeux des émois, puis par un jeu de flèches, elle avait suggéré un ordre différent de certains paragraphes, accordé aux personnages de nouveaux arrangements, rétrocédé aux situations des élans inattendus.

Cela me rappela notre première fusion érotique à Bordeaux. Après avoir fait l'amour et raflé notre part d'infini sauvage, nous nous étions lu pendant des heures des poèmes – les pages déchirées, éparses sur le lit – en les commentant, en lâchant des «Oh non, ça c'est nul», des «Moi j'aurais plutôt écrit...». Ça m'avait alors tant fait rire qu'elle pût avoir la liberté de contrarier des œuvres magistrales. Mais elle était comme ça, Alice.

Soudain, je découvris, caché derrière des terrils de livres, un de mes romans, orphelin. Si prompte à critiquer et à lapider ma littérature, Alice avait réduit en confettis la plupart de mes textes en renommant les lambeaux «Vestiges d'une époque». Pourtant, elle avait conservé mon *Île des Gauchers*. Elle avait dû le lire et le relire des dizaines de fois tant la couverture était frottée, les pages cornées. Alice l'avait criblé de remarques, avait dessiné des cartes, ajouté des notules, glissé des photographies et l'avait même augmenté d'un chapitre complet. Alice l'avait rêvé et réinterprété, comme si ce confetti du Pacifique Sud représentait son refuge mental, le lieu suprême où la vie pouvait la comprendre. Je fus touché et comme pris de pitié. Alice s'était-elle figuré, comme nombre de mes lectrices désorientées, que l'île existait vraiment, qu'il n'y avait pas de fumée sans feu ? Comme plus de cinq mille lecteurs exaltés qui m'avaient adressé, via mon éditeur, une demande d'immigration en bonne et due forme « à l'attention de la Société géographique des gauchers », elle avait dû rabattre ses prétentions lorsqu'elle avait appris que cette île où l'amour carbure n'était qu'un pur fantasme littéraire.

Pourquoi avait-elle gardé ce roman ? Peut-être parce que de tous ceux que j'avais publiés, il ne me trahissait pas ? Qu'elle et moi pouvions indécemment y croire ? Que c'était le seul qui existait vraiment en moi ? Et elle avait eu raison. Je me sentais soudain si proche d'elle. Alice, mon Alice exilée dans mon île. Toutes les frontières qui subsistaient entre nous, que j'avais bâties en pensant mon Alice hors de portée, explosaient soudain. Enfin, nous étions réunis, parce que nos imaginaires s'étaient rejoints. Parce que la vie est tellement vide d'effervescences qu'elle avait eu raison, elle aussi, de s'enfuir là-bas et de s'imaginer réellement établie dans mon île inversée. Là où le cœur danse, où le sublime de l'amour est poésie réalisée.

Nous n'avions plus que trois mois pour séjourner dans ce roman.

2

Il était 22 h 36 lorsque j'arrivai à l'hôpital. La science voulait connaître le motif exact du mal qui allait nous disjoindre, mettre un mot savant sur ma crucifixion. Moins vous avez de chances d'en réchapper, plus les équipes soignantes vous prescrivent d'examens pour calmer leur impuissance. C'est si dur d'avoir les poings liés.

Tout à coup, il me parut absurde de consumer ici, en France, les trois derniers mois de sa vie. Ce n'était pas entre ces murs que nous pouvions briguer un grand destin et nous faufiler vers la perfection de dernière minute. L'heure des visites était pourtant terminée et je détestais cette réglementation rigide. Comme si, en dehors de ces horaires établis par une bureaucratie lointaine, on n'avait pas le droit de rendre visite à ses proches en déroute, de dire au revoir à un ami moribond, de kidnapper la femme que l'on aimait.

L'affaire ne fut pas simple. Après avoir tenté d'âpres négociations avec l'infirmière de l'accueil pire qu'une mère supérieure tressée de principes, je me résolus à outrepasser mes résolutions de citoyen modèle et à flanquer une raclée à toutes mes lâchetés de pétochard. Il était temps de faire craquer les vieilles camisoles.

Posté à un point stratégique d'où je pouvais observer toute la pièce sans être repéré, dès que la mère supérieure eut le dos tourné, je m'engouffrai dans le couloir qui menait à la chambre d'Alice. Impression délicieuse d'un clandestin en cavale. J'en avais les mains moites, le cœur léger. Lorsque j'ouvris la porte de sa chambre, je la vis ensommeillée. Dans ce lit immaculé, sa beauté se fondait presque dans les draps. Ma rebelle semblait si frêle, si déjà partie.

Où étaient passées ses couleurs ? sa chaleur incandescente ?

Je la réveillai doucement en lui murmurant au creux de l'oreille, en snifant l'odeur fruitée de sa nuque, en effleurant sa peau si fine, en sentant des frissons envahir toute mon échine, « Nous partons ». Et je vis dans ses yeux la vie reverdir.

La mort et ses fléchissements ne nous concernaient pas, nous étions trop occupés à vivre, à patrouiller dans le plaisir.

Nous rassemblâmes ses affaires, récupérâmes ses cahiers rouges et quittâmes vite cette antichambre de la Gueuse. Dans les couloirs éteints, le personnel continuait son marathon aseptisé contre la fatalité. Il nous fallut mettre en place une stratégie d'évasion. Et cela l'amusa, mon Alice, de déjouer les règles, de ruser avec les surveillants. Dois-je l'avouer ? Moi aussi. Je n'avais plus peur de redevenir le chenapan vivace que j'avais été lorsque j'avais eu l'honneur d'être un membre hyperactif du Club des squelettes. À l'époque où, avec mes potes Pascalou et François Pomme, nous étions des garçons-vie.

Enfin dans un taxi, j'ordonnai au chauffeur de nous conduire ventre à terre à l'aéroport, je vis se dessiner sur le visage d'Alice un sourire exquis, un sourire pirate, un sourire conquérant.

Blême, Alice blottit tout son être froid contre moi.

En chemin vers l'avion, je songeai que Dieu avait été bien culotté d'inventer la mort pour tous, de laisser venir une telle piste d'atterrissage dans nos existences somptueuses, et qu'il fallait que son paradis soit véritablement infaillible pour que le manque des amours terrestres ne s'y fasse pas ressentir. Il lui faudrait bien du génie pour nous donner là-haut une joie aussi pure que celle qui nous exaltait en ces instants inouïs, et bien du talent pour que, dans son vert paradis, on n'ait pas la nostalgie de cette vie-là.

Peut-être le bonheur est-il encore plus beau quand on sait que ce n'est pas une valeur sûre ? lorsque la fragilité des jours nous saute à la figure ? À l'arrière du taxi qui bombait, je ne cessais de l'embrasser. Elle me donnait de la vie. On se cherchait à pleines lèvres, comme deux noyés reprenant leur souffle.

À l'aéroport, je lui bandai les yeux. Alice l'accepta en riant. Tout le monde nous regardait. On riait à l'excès. Nos fous rires en déclenchaient d'autres.

À un guichet, une hôtesse séduite par nos amusements crut que j'avais organisé une demande en mariage. Émue, elle s'empressa de nous aider. À bord, une autre se proposa en régisseur de nos menus plaisirs : champagne et biscuits à profusion, cajoleries souriantes, que sais-je encore. Tout le monde semblait avoir envie de faciliter l'amour.

À Paris, nous changeâmes de vol à la volée en cavalant dans les couloirs mécanisés. Pas question de louper la correspondance pour l'improbable.

Le redécollage nous trouva essoufflés, serrés, si heureux dans nos fauteuils. Alice frémissait du regain de vie que cette épopée lui procurait. Les fulgurances de sa beauté me bouleversaient. À côté de nous, un couple rabougri. La dame, aux atouts avérés, avait épousé un pactole déjà en caisse, une belle pièce californienne. Alors que je n'offrais à mon Alice que des promesses d'opulence, des rêves en vrac, du mirifique à terme, ces deux-là avaient dû sceller leur fusion-acquisition devant notaire. Nous, on se marierait dans le ciel, pour le ciel et avec le ciel sans nuages pour témoin.

Pendant tout le vol qui dura douze heures d'intimité délicieuse (j'aurais bien fait encore trois tours du monde pour rester blotti contre elle !), Alice m'asphyxia de questions sur notre destination secrète. À quoi rimait cette échappée alors que le temps nous était si mesuré ? Qu'allions-nous donc faire *là-bas* ? Tayloriser notre bref bonheur en Amérique ? festoyer à Rio en lalalandisant nos ultimes élans ? user nos dernières semaines en Polynésie bleutée ? ou scandaliser le malheur en baisant à tout rompre chez les mormons ?

Pour la faire taire, nous fîmes trois fois l'amour quand la cabine s'endormit presque, menant jusqu'au paroxysme sexe, désarroi et joie. L'excès de feulements nous allait bien. Elle était si heureuse.

Dépositaire d'un secret immense, mon plus verrouillé secret, je résistai à ses objurgations, ses requêtes, ses câlineries :

— Dans combien de temps on arrive ?

— On y sera trop vite.

— Où va-t-on ?

— Là où nous pourrons réellement nous aimer et vivre légèrement la gravité de notre situation.

— Réellement ?

— Pour de vrai.

3

Dans les désordres de Santiago du Chili, nous eûmes à peine le temps de sauter dans l'unique bateau en partance pour Pitcairn, via l'île de Pâques.

Une fois l'an, un rafiot ravitailleur français et lambin alimente le rocher perdu sur lequel subsistent, aujourd'hui encore, une cinquantaine de descendants des révoltés du *Bounty*, tous venus au XVIIIe siècle se faire oublier dans ce recoin vide du globe afin d'échapper aux patrouilles de la marine britannique.

Au moment où nous appareillâmes, Alice me fit remarquer qu'une immense muraille barrait la vue, un nuage dense ressemblant à du granit, un mur-digue de brume dont l'entablement était parallèle à la ligne d'horizon. Cela annonçait, surtout en cette saison, des ouragans qui se formaient au loin, dans la nuée d'étuve inexpliquée qui flotte au-dessus de l'île de Pâques. Ce coin de l'hémisphère Sud sait garder ses secrets en se barricadant derrière des éléments dantesques.

Tandis que nous quittions l'azur tendre chilien sous les regards perplexes d'Alice, je songeai qu'on ne tombe amoureux sur cette terre que pour mener sa vie à sa hauteur. J'étais convaincu d'avoir fait le bon choix pour nous offrir d'ultimes émotions partagées ainsi qu'une forte dose d'immortalité.

— Où va-t-on ? répéta, hagarde, Alice.

— Là où notre amour sera à sa bonne altitude, ou plutôt longitude, lui répondis-je avec une telle sûreté qu'elle ne me le demanda plus.

Sur la promenade du pont supérieur, on aperçut vite un autre océan, une mer canaille qui se dressait toute grise et menaçante sous un ciel de plus en plus morne. Éteinte la blanche lumière du Sud, assombri en un amas de nuages gris le zénith bleu sud-américain. C'est dans ce décor liquide que je la vis souvent écrire le matin face aux éléments froids. Sa plume dansait sur ses petits cahiers rouges, dans cette solitude accablante où seuls des cétacés visqueux surgissaient parfois, quelques dauphins belliqueux, chapardeurs de poissons volants coupants. De loin en loin un soleil blafard perçait des nuages grumeleux d'obscurité. Un matin, l'air sentit soudain la neige. Et souvent la tempête accourait à notre rencontre. Une écume blanche et sauvage envahissait les flots.

Mon Alice, prise par un mal de mer féroce tant la houle était venimeuse, commençait à se demander ce que nous faisions là, sous ces latitudes ombrageuses, pourquoi je gaspillais nos dernières semaines dans une contrée pareille. Mais elle ne protestait pas. Alice me faisait confiance. Elle écrivait. Pour la première fois depuis notre prologue amoureux à la réception de l'hôtel bordelais, elle me permettait de devenir le capitaine de nos dérèglements amoureux. Elle consentait à se laisser désorbiter de ses exigences sentimentales pour embarquer dans les miennes. Tressée contre moi, mains mélangées, elle s'abandonna à la grande épopée sentimentale que j'avais projetée pour nous.

Son cœur ne se décollait pas du mien, nos lèvres non plus. Quand elle n'écrivait pas, notre plus vaste plaisir était de humer l'océan en respirant ensemble, à l'unisson du vivant. Respirer, n'est-ce pas la plus jolie et intense manière d'aimer ? Il y a un orgasme de la respiration, une extase de l'expiration partagée.

Soudain, je me rappelai l'étrange question qu'Alice avait posée au médecin à l'hôpital. Elle avait insisté pour savoir s'il lui restait à vivre « plus ou moins de trois mois ». Pourquoi ce délai ? En la contemplant engouffrée dans la légèreté de l'air marin qui faisait danser ses cheveux, je songeais que l'heure n'était plus aux questionnements. Peut-être était-ce pour elle juste assez de temps pour apprendre à vivre quand on sait que l'on va mourir.

Je remarquai le nombre non négligeable de voyageurs qui présentaient une caractéristique visible, ce qu'Alice ne nota pas. Je repérai une créature oxygénée, un professeur au physique minéral, une athlète française décatie. Des gens à qui le réel faisait peur, je le devinais à mille détails. Étaient-ils là par hasard ?

Le troisième jour, nous dépassâmes la très mortuaire île de Pâques. Sinistre silhouette noire et tragique, enrobée de légendes. Ses falaises altières nous fixaient d'un regard métallique. Tout le gotha de l'historiographie mondiale ne terminera jamais d'expliquer l'énigme de ce lieu funèbre, la raison d'être de ses statues monstrueuses qui défient la raison. Nous laissâmes à bâbord ses mystères vaporeux pour nous enfoncer toujours plus avant dans les nuées pacifiques, les brouillards océaniques denses que l'on trouve là-bas, dans cette portion du globe où les distances inconcevables protègent du réel occidental et forment comme un étrange tampon de silence.

Enfin nous arrivâmes en vue de Pitcairn la sauvage, l'île sans plages, ce rocher britannique inaccessible autrement que par une baleinière rustique qui accoste on ne sait trop comment le long d'une digue improbable. C'est dans ce refuge que les révoltés se terrèrent jadis, à l'abri de l'Angleterre fouineuse et sans pardon pour quiconque défiait l'autorité des commandants de la Couronne. En haut des falaises, on apercevait la forêt, la sylve préhistorique.

— Descend-on ici ? demanda Alice.

— Non, l'escale est la dernière.

À Pitcairn, nous débarquâmes avec les voyageurs singuliers que j'avais repérés. D'instinct, ils s'étaient reconnus. Mais ces derniers ne se firent des signes de connivence qu'après que le rafiot ravitailleur eut décampé derrière l'horizon. Enfin on se retrouva délivrés d'un poids et les gosiers se délièrent.

Les Pitcairniens parlaient un anglais élisabéthain, l'idiome marin des vaisseaux du XVIIIᵉ siècle, l'antique patois de manœuvre et de bataille. Ce vocabulaire maritime issu de la Royale était encore usité, comme si le temps avait ralenti sous ces latitudes australes.

Comment Alice aurait-elle pu deviner où nous allions terminer sa vie et éterniser notre amour ?

Comment diable aurait-elle pu se figurer que l'île des Gauchers de mon roman existait bien dans ces confins oubliés du Pacifique Sud ? J'avais tant rabâché lors de la sortie du livre qu'il s'agissait d'une œuvre d'imagination. Je voulais que ses habitants puissent continuer leur vie intelligente, si privilégiée, de Gauchers jubilant dans une société au rebours de la nôtre. Protéger cette micro-société non droitière où les femmes et les hommes se couronnent d'un amour absolu m'était apparu comme une évidence. Comme dans mon épais roman, ce contre-monde avait été fondé à la fin du XIXe siècle par des utopistes français en éternelle partance pour une vie différente. Des irréguliers qui avaient l'irrévérence révolutionnaire et la joie active. Ces Gauchers refusaient l'ordre asséché de l'Europe droitière qui se moquait des sentiments et maltraitait la chair, avec la complicité mutique des habitants de Pitcairn. Des habitués de la réclusion loin du monde

Oui, je l'avoue, l'archipel des Gauchers est un sous-ensemble de l'archipel des îles Pitcairn situé à deux mille kilomètres à l'ouest de l'île de Pâques, à cinq cents kilomètres à l'est des îles Gambier et à deux mille kilomètres au sud de Tahiti. Pitcairn demeure la seule des quatre îles à être habitée. L'île des Gauchers et ses dépendances – notamment l'incomparable île du Silence où les Gauchers se retirent en couple pour s'écouter sans mots – ne furent volontairement jamais l'objet de relevés topographiques au chef-lieu de Pitcairn, Adamstown, lorsque la Couronne britannique le somma d'en faire

167

un en 1903. Cette omission protectrice s'est perpétuée, comme si les descendants des insurgés du *Bounty* avaient senti que l'exception gauchère méritait un tel secret.

Je savais que c'était là, sur cette terre volcanique dédiée à l'amour fou et à sa réussite flamboyante, qu'Alice et moi pouvions trouver une « solution » puisque, en pays droitier, il n'y en avait plus. À Paris, la mort est triste à mourir. Sous ces latitudes, au sein de cet archipel, l'éternité de l'amour reste une évidence culturelle. Dans ce pays minuscule, les amants ne sont jamais séparés lorsque l'un d'entre eux tire sa révérence. Cette caractéristique étonnante de la culture gauchère ne figure pas dans mon texte car je redoutais que cette révélation n'attire trop de couples droitiers.

— Quand part le dernier bateau ? me chuchota Alice, désormais très fragile.

— Demain très tôt, avant le lever du soleil. Il se lèvera à destination. C'est un lieu où, traditionnellement, on n'arrive que pour voir le roi soleil se lever.

— Le roi soleil ?

— Dans l'île, tu verras, le soleil est couronné de brume. C'est même mieux que dans mon roman. Le réel a toujours eu plus de talent.

4

Dans les obscurités qui précèdent l'aurore, nous prîmes place à bord d'une baleinière qui se rangeait au vent presque d'elle-même. Des projecteurs puissants sillonnaient la mer pour nous guider. Notre vaisseau prit de l'erre et se faufila parmi les lames d'un océan noir qui apparaissait comme un guet-apens.

Nous étions guidés par les étoiles auxquelles se fiait un habitant robuste de Pitcairn, métis d'un marin gallois et d'une Tahitienne. L'un de ces éliminés du sort ordinaire, rejeton rugueux d'un lignage réprouvé pendant deux siècles. On lâcha le vent dans une grand-voile et on porta plein. Chez ce marin du bout du monde, il y avait de l'halluciné.

Depuis la fin du XIXᵉ siècle, on ne rejoint l'île des Gauchers que de nuit, avec d'infinies précautions, toujours sous la houlette d'un Pitcairnien, un athlète de la mer qui doit connaître les passes des lagons et qui sait zigzaguer parmi les récifs et les dissimulations redoutables de brisants et de bas-fonds secrets.

La langue des signaux nous avertit enfin, grâce à quatre flammes rouges postées sur une falaise obscure, que l'on pouvait gagner le large. Nos compagnons de voyage étaient tous d'une latéralité inversée, mais Alice, toute à ses questionnements, ne s'en aperçut pas. Seule une petite dame gauchère, très tassée, se désolait de son choix :

— Que valent des huîtres sans chablis ? Une truite sans moselle ? Et des palourdes sans un petit blanc sec du Maine-et-Loire ? Ah, je n'aurais pas dû émigrer… Ces sauvages doivent cuire électriquement les plats en sauce… Je crains le pire ! Leurs cuisines doivent être comme des cliniques… Une nourriture sans herbes sans doute.

Alice était blottie contre moi dans la grande fraîcheur océane, tandis que nous voguions à travers des solitudes où il ne se passe rien depuis des millions d'années. Un silence de commencement du monde, alors que le nôtre allait se déliter.

Toujours sur la crête de la vague cabrée due à un survent, on se faufilait dans de brusques déchirures de l'ombre parmi des horizons bouleversés. Des transparences habitaient l'eau autour de nous. Somnolente, Alice se laissait guider par le bercement de la houle. Parfois, l'océan a de ces prévenances, même s'il faut se défier de ses politesses. Je sentais ses fragilités physiques, la légèreté de sa tête sur mon épaule. On respirait ensemble et cela suffisait à notre bonheur. D'une main et à la lueur d'une lampe de poche frontale, je relus discrètement le chapitre qu'Alice avait ajouté à mon île des Gauchers.

Son texte racontait que mes deux héros décident durant une journée de redevenir deux inconnus l'un pour l'autre. Ils se projettent dans une amnésie temporaire, imaginaire, pour rejouer le rituel des préliminaires de la séduction et les préludes de l'attraction érotique. Charmeuse de mots, Alice avait imaginé cette scène pour autoriser mes héros à conspirer contre le destin, à ne pas laisser patauger leur passion dans le marigot du prévisible. Du Alice à l'état pur, chahuteuse, en version non tamisée. Ses nerfs de papier ne supportaient pas la moindre sérénité.

Au lever du soleil, la féerie commença.

L'astre se reflétait sur des fonds blancs coralliens, donnant le sentiment qu'il sortait des eaux.

Jaillissant du monde de l'obscurité liquide, l'île inversée apparut au milieu d'un lagon sur lequel nous voguions. La vague, lisse, n'était irritée par aucun vent. Solitaire au milieu de brouillards composites, nuageux, l'île flottait parmi des oiseaux amphibies qui habitaient l'air mais aussi l'océan. Ces volatiles n'étaient pas couleur d'air, mais tropicalement bariolés. L'île volcanique grossissait dans les bleus matinaux de l'Océanie, armée de végétation luxueuse, car les parois du vieux volcan étaient luxuriantes de fougères de grande taille.

— On est où ? me demanda Alice.

— Surtout chez qui... c'est ça la question.

— C'est désert, il n'y a personne.

— Tu vois cette faille ?

— Oui.

— Elle donne sur l'intérieur du volcan qui est creux. Il y a une ville au bord du lac.

— Une ville ?

— Oui, une ville habitée par des rescapés de l'amour fou.

— Mon Dieu..., pâlit Alice. Ce n'est pas possible.

— Si. Port-Espérance est là.

— L'île des Gauchers existe ? balbutia-t-elle.

Alice se fendit alors d'un de ces sourires qui font qu'une fille devient de l'aurore, qu'elle irradie ses proches. Ce sourire, Alice l'eut quand elle accepta l'idée que le merveilleux n'était plus un exil et que l'amour-joie pouvait élire domicile sur ce globe. Disons plus, Alice devint ce sourire. Il y a quelque chose qui nous ressemble plus que notre visage, c'est notre sourire de bonheur. Alice souriant, c'était Alice vraiment. Ses yeux, encore amortis un instant aupa-ravant, devinrent fête, extase de vivre enfin quelque chose d'autre. La profondeur de l'espoir y scintilla. Elle sentit qu'elle avait désormais pour métier de se laisser étourdir d'amour, pour talent de chanter des chansons galantes, pour science la beauté sans épate, pour esprit l'innocence absolue, pour cœur la joie pure de se donner à moi, pour pente celle du bonheur outrancier.

Tout ce qui avait été barricadé en elle par la mala-die était soudainement ouvert. L'oblique de sa nature devenait droit. Le versant intime de son existence pre-nait le pas sur sa personne sociale.

Au crépuscule de son existence, l'éparpillé d'Alice se rassemblait. Nous n'imaginions pas à quel point la nouvelle étape franchie par la culture gauchère, tou-jours bouillonnante d'idées, allait nous aider.

5

En Occident droitier, la société change par petites touches et, bien souvent, tout change afin que rien ne change. Chez les Gauchers, les révolutions atteignent la moelle de la vie en des temps effarants.

Nous ne le comprîmes pas immédiatement en accostant mais un étrange détail nous intrigua. Sur les rambardes en bois du quai, des milliers de montres avaient été accrochées... Des cascades de cadrans, de montres de gousset, à bracelet de toute époque, comme abandonnés à l'orée de l'île, exilés hors du territoire.

En pénétrant dans l'enceinte de l'ancien volcan, nous entrâmes dans Port-Espérance, cette cité 1900 érigée au bord d'un lac cristallin aux airs de lagon, avec une émotion considérable. Alice constata que, comme dans le livre, chaque édifice avait été bâti pour une femme, afin d'y développer un art d'aimer sur mesure. C'est ainsi que l'on obtient là-bas son brevet d'âme sensible. D'où la multiplicité des architectures en bois, en bambou, sur pilotis ou non. Chaque maison semblait un temple particulier élevé en l'honneur d'une bien-aimée. Alice n'en croyait pas ses yeux et avançait avec le sentiment de se fondre dans mon roman.

Au détour des ruelles méandreuses aux noms exquis – rue du Petit-Abandon, venelle de la Fidélité, avenue de la Grande-Rupture, chemin de la Petite-Rupture, Love Boulevard, etc. –, on croisa des petits zubiaux, ces animaux endémiques sur l'île, sorte de marsupiaux nains adoptés par les couples gauchers qui servaient de baromètres à leur passion. En effet, un zubial possède un poil lisse et brillant lorsqu'un couple de Gauchers s'aime sans préavis et fornique avec liberté et animalité cinq ou six fois par jour. Son poil devient terne quand leurs sentiments fléchissent ou que leurs ardeurs physiques s'effilochent. Il arrive même qu'on l'entende hurler à la mort lorsque les couples se dédaignent. Gémir sur une litière de regrets superflus au lieu d'agir casse également le moral de ces bestioles.

À peine avions-nous débarqué sur ce morceau de terre du bout du monde que nous allions assister à un événement majeur dans l'histoire de cette île. Un changement si radical qu'il touchait la manière même d'être au monde.

Les rues désertes étaient couvertes d'affiches bariolées. Mais place de l'Hôtel-de-Ville, juste en face de la cathédrale tropicale élevée pour rendre hommage à la passion, un agrégat de citoyens s'agitait, frémissait, s'activait. Un amas de fébrilité.

Alice s'approcha d'une affiche.

— C'est dingue.

— Quoi?

— Ils ont voté.

— Quoi ?

— Le refus du temps des Droitiers.

— Le refus du temps… Ça veut dire quoi ?

— Ils viennent d'abolir le temps. Rien que ça !

— Le temps ?

— Oui, le temps n'existe plus.

— Mais c'est impossible !

— Tout est possible ici. Ils pensent différemment.

— Mais comment peut-on vivre hors du temps ?

— Dans le présent.

— Mais pourquoi ?

— Pour que l'amour puisse vivre.

Je m'approchai à mon tour et lus avec sidération que cette colonie gauchère venait, après plus de cent trente ans de contre-vie et de contre-culture pro-amour, de rompre avec la manière droitière de mesurer la durée du temps. Quatre-vingt-treize pour cent de l'île s'étaient prononcés afin de faire entrer leur territoire dans un éternel présent.

Les Gauchers, plus rebelles que jamais, avaient fait sécession de façon majestueuse, car ils ne savaient rien faire petitement. Ils avaient collectivement pris la décision de se libérer de l'obsession du temps, de la nécessité de le mesurer, de le contrôler. Port-Espérance se délestait à jamais de cette tyrannie. Les habitants de l'île avaient prôné l'illimité. J'avais sous le nez le résultat du détail du référendum hallucinant pour un Droitier qui venait de se tenir :

— Quatre-vingt-treize pour cent voulaient que le temps soit aboli définitivement dans l'archipel.

— Quatre-vingt-dix-neuf pour cent réclamaient la fin des montres et des horloges de tout type afin que le temps ne soit plus qu'une succession d'immédiatetés.

— Cent pour cent convenaient qu'il fallait oublier à jamais l'imparfait qui lisse le temps enfui et proscrire le passé simple qui l'endimanche. Tout rabâchage du révolu serait empêché par la conjugaison au présent.

Les Gauchers pensaient ainsi ne plus bâcler l'amour.

Alice jubilait, s'apaisait. Elle qui n'avait jamais rien su faire sans passion se sentait sur leur longueur d'onde. Sa trentaine la brûlait.

Le prince-président apparut alors au balcon de l'hôtel de ville et déclara :

— Il est important de savoir que nous avons le temps de vivre. La société des Droitiers est emprisonnée dans ce Chronos malsain qui avale leurs vies, qui dévore leurs enfants, mais toutes les autres sociétés ne sont pas obligées de l'être. Dans la société des Droitiers, on doit aller travailler à telle ou telle heure, et même après le travail, les montres et les horloges dévorent leur temps. On aime hâtivement. On vit expéditivement. Les Droitiers ont oublié d'être spontanés et de tout simplement vivre pour aimer. Grâce à ce référendum, chers et tendres Gauchers, nous ne faisons que formaliser ce que nous pratiquons sur l'île depuis des générations. À partir d'aujourd'hui, il n'existe plus ni passé ni futur. Le présent est désormais notre seul horizon. Un présent poétique, faramineux, sensuel, rieur, joueur, dense, léger, sans filtre, sauvage et doux, immense et bref. À compter de cet instant, nous quittons le temps !

Il reprit enfin et hurla avec fièvre :

— Jamais nous ne serons des amoureux hâtifs !

La foule applaudit avec frénésie le démontage de l'horloge centrale de l'hôtel de ville, importée d'Alsace à la fin du XIXᵉ siècle, sous l'œil attentif d'une escouade de zubiaux qui sifflaient et tambourinaient sur leur ventre. L'ouvrier gaucher, maigrichon, qui s'activait était le sosie physique et moral de Jules Verne. Même physionomie audacieuse, rêveuse et robuste. Mesurait-il la portée réjouissante de son acte ? Avait-il conscience qu'après ce déboulonnage les années ne seraient plus jamais millésimées ? que le temps serait libéré pour que chacun devienne le poète de son couple, la muse de ses épousailles ? Au diable l'à-peu-près sentimental.

Alice me regarda avec gratitude. Toute cette folie à laquelle nous participions avait le talent d'être vraie, le génie d'être essayée et la ferveur d'une fête collective.

Autour de nous régnait une atmosphère d'enfance, comme si les hommes et les femmes avaient retrouvé la capacité de jouer ensemble, d'être légers ensemble, dépourvus de ce sérieux qui ruine l'amour en pays droitier. Au-dessus de nos têtes, une Gauchère funambule traversa la rue sur un fil pour rejoindre son bien-aimé déguisé en prince. Lui-même était applaudi par trois femmes déguisées en princesse de Clèves escortées d'une camarilla farceuse de faux Vénitiens accoutrés de costumes du XVIIIᵉ siècle, lesquels trinquaient avec des apprentis poètes pourvus de colombes dressées afin d'échanger des lettres d'amour par les airs. Partout, on s'amusait à aimer en adhérant à l'instant, en improvisant des quatrains, en osant des bouquets surréalistes qui mêlaient fleurs et ustensiles improbables.

Sur le parvis incrusté de coquillages, on jetait dans des brouettes les dernières montres encore portées. On se délestait du temps comme on se délivre, et les brouettes prenaient le chemin du quai en bois de l'île. Curieuse noria qui purifiait l'île de tout calibrage des élans.

Amoureuse à manquer d'air, Alice me fixa et se laissa voluptueusement entraîner dans le carnaval qui tenait lieu de vie quotidienne aux Gauchers. La mort, ce futur aboli, ne la mordait plus. Ses traits incrustés de mélancolie retrouvèrent aussitôt une juvénilité radieuse. Elle défit sa montre, puis la mienne, et elle les déposa dans l'une des brouettes. À cet instant, nous nous sentîmes quitter deux mille ans d'un temps triste débité en tranches égales, d'un temps qui séparait de l'instant, qui enlisait dans les souvenirs et piégeait en regardant trop l'avenir au lieu de déguster chaque journée.

Ravie, Alice me supplia de lui offrir un traitement mythologique en écrivant sur-le-champ un livre étincelant sur notre duo afin de lui procurer une jeunesse définitive. Je déclinai son idée. Nous avions mieux à faire : vivre tout le possible, vivre éperdument l'éternel présent. Soudain, je me sentis décrocher du temps des

Droitiers, de ce temps incomestible qui sépare du flux de la vie.

Je cessai d'être un forçat du chronomètre.

Je me faufilai dans le présent.

6

Dans l'île, impossible de dénicher un roman d'amour. Aucun de mes livres anciens n'était disponible. Ils étaient interdits, au motif que la littérature droitière est toujours écrite par un auteur unique qui assène sa vision de l'amour, toujours très sexuée. Les Gauchers trouvaient proprement hallucinant qu'une histoire d'amour soit signée par un homme ou une femme muré dans son opinion propre, verrouillé dans sa sensibilité et son imaginaire clos. Ils n'imaginaient de récit valable qu'écrit par un duo, célébré par deux points de vue. On ne trouvait donc dans la Librairie centrale de Port-Espérance qu'une littérature sentimentale à quatre mains.

Effaré, je hasardai :

— N'est-ce pas un peu extrême ?

Et la libraire de me répondre avec fougue :

— Doit-on élever nos enfants dans l'idée que l'amour est l'affirmation d'un point de vue qui se suffit à lui-même – à travers une littérature masturbatoire en somme – ou dans l'idée qu'aimer est l'affaire de deux cœurs capables de s'entendre, de danser ensemble, de fêter l'éclosion de la pensée de l'autre ?

— Mais…

— Pourquoi *mais* ? Nos romans sont presque tous des partitions à quatre mains pour célébrer l'alliance des contraires, le mariage sidérant du féminin et du masculin.

— Vous pourriez tout de même…

— … faire connaître la littérature masturbatoire ? droitière ?

— Oui.

— Mais nous le faisons ! Regardez cette très grosse édition critique qui réunit *Les Liaisons dangereuses*, *Les Amours* de Ronsard, *Le Zèbre* de Jardin, *Madame Bovary*, *La Princesse de Clèves* et un bref volume de Jane Austen. Nous y mettons fortement en garde les lecteurs gauchers contre la dérive scélérate de l'amour enfermé dans un seul point de vue qui finit… toujours mal ! Par des souffrances odieuses ! Que nous dénonçons ! L'amour n'est-il pas fait pour être la danse suprême avec la vie ? la floraison de nos êtres ? Et non cette névrose obscure qui s'étale dans la littérature droitière malsaine, dévoie le talent des auteurs et les enferme à jamais dans leur nombril !

— Sérieusement, vous ne publiez que des livres écrits en duo ?

— Ou qui adoptent le point de vue de l'autre sexe, où l'auteur se désenferme sur des centaines de pages, se coule dans la jubilation de voir le monde par les yeux de l'être aimé.

Je sortis de la librairie, titubant un peu d'étonnement. Comment n'avais-je jamais songé à cela ? Comment n'avais-je jamais deviné l'absurdité d'écrire seul sur l'amour, sans accepter le frottement, même compliqué, d'un point de vue féminin sur les histoires que j'avais prétendu écrire ?

M'étais-je enlisé à ce point dans l'opinion étroite que je me faisais de mes personnages ? En osant parfois faire parler des femmes de leur plaisir…

Mais revenons à la vie concrète.

Je relevai mes messages téléphoniques depuis un appareil vieillot de la Poste centrale de Port-Espérance. Avalanche de considérations qui, depuis l'île, me paraissaient dérisoires : avertissement des impôts, rappel de ma caisse de retraite, changement de compteur de gaz à Paris. Tout ce qui riquiquise les existences droitières, des considérations extincteurs d'émois. Mon éditeur s'enthousiasmait de me voir invité à un show télévisé de premier format où la littérature, d'ordinaire, occupe un strapontin. Je restai de glace. À quoi bon pousser la carrière d'un ouvrage mono-auteur, né de mes seules obsessions, momifié dans les bandelettes de mes croyances ?

Derrière la vitre dépolie de la cabine, Alice tambourinait. Je raccrochai et nous pérégrinâmes jusqu'à l'auberge Dans les branches, sise à la sortie de la ville : une série de bungalows aux airs de cabanes accrochées aux cimes des arbres. On y montait par des passerelles de lianes auxquelles étaient suspendus des zubiaux hilares. Ces bêtes heureuses de l'île pullulaient le soir venu, en conclaves poilus. Leur pelage luisait d'ailleurs de frais bonheur.

Nous nous installâmes face au lac intérieur du volcan dans une maisonnette juchée dans un banian.

Alice se réfugia dans un hamac pour se reposer et écrire dans ses cahiers rouges avec une frénésie qui égalait son épuisement. Plus elle remplissait de pages, plus je voyais les zubiaux des environs s'approcher par grappes, alléchés par l'odeur de la littérature qui s'écrivait. L'émotion d'Alice, plume à la main, semblait atteindre leur cœur, agiter leur curiosité. Les plus vieux hululaient de plaisir. Alice m'aimait-elle au point d'émouvoir ces marsupiaux hypersensibles ? Son teint était si translucide, si usé par la maladie. Était-elle secrètement heureuse de mourir parce qu'il fallait qu'elle meure pour que je puisse l'aimer autant que mes héroïnes de papier ? Vivait-elle dans cette conviction muette ? Croyait-elle de manière irrémédiable rejoindre les damnés de la passion pour aimer à grand fracas ? Était-elle encore possédée par son sens viscéral du tragique ? Mais n'avait-elle pas raison ? Car, je devais l'avouer, le prodige était qu'au moment de tout perdre, elle gagnait tout de moi, et plus encore. Alice pouvait disparaître désespérée et comblée.

Tandis que sa plume courait avec frénésie, je m'approchai d'un piano à queue suspendu dans les airs et commençai à y jouer le *Concerto n° 1 en ré mineur* de J.-S Bach. Comment mieux lui parler d'amour ? Comment mieux lui susurrer que je respirais son enchantement, son merveilleux ? que je buvais l'infini de sa prose qui, sans que je la connaisse, me chavirait le cœur ? Tant je sentais qu'elle y mettait le filigrane de poésie qu'elle dispensait en toute chose. Quelques zubiaux levèrent leur truffe tiède, humèrent les notes et gobèrent mes sentiments. Une escouade de perroquets s'agglutina et reprit quelques accords. Alice s'en aperçut, posa enfin sa plume, sauta du hamac de corde et me rejoignit dans les airs où flottait le piano, suspendu aux cordages de marin. Un Steinway pour gauchers, pièce rare.

Ses mains se posèrent à côté des miennes et nous nous mîmes à jouer. Nous fêtâmes Bach pour nous chuchoter, par les notes, que nous nous aimions, que nos émois étaient tressés par Jean-Sébastien. La musique nous dansa, nous rendit heureux et frissons. Les zubiaux s'approchèrent. Certains hululèrent de plaisir. Et quand finit le concerto, nous refermâmes le clavier. Les oiseaux s'envolèrent. Les zubiaux s'égaillèrent, sauf un qui, très ému, vint poser sa truffe sur nos mains enlacées. On sentait son cœur qui battait à se rompre à travers ses veines saillantes. Nous comprîmes alors que, fait très rare sur l'île, nous n'aurions pas besoin d'adopter un zubial. C'est lui qui nous avait choisis. Son cœur nous avait distingués.

Rieuse, Alice oublia sa souffrance physique qu'elle comprima et rouvrit le piano pour se lancer dans un morceau de Bill Evans, le lunaire pianiste de Sinatra. Torrent de kitsch ? Non, fleuve d'intensité. La jungle en frémit et notre petit compagnon, truffe en l'air, se mit à danser, à galipetter, à devenir notre joie, en poussant un feulement de pur bonheur ! Sentant nos cœurs accordés, il bondit, loopingua dans les airs tièdes et revint enfin se blottir entre nous deux en sifflant de parfaite allégresse. Notre amour joyeux enchantait son animalité sentimentale. Il s'en délectait, s'en nourrissait, suffoquait de jubilation.

Synchronisée avec l'instant, la bestiole éclata de rire, produisant un étrange sifflement. Son pelage rayé resplendissait.

Nous prîmes une grande leçon de sentiments libres et devînmes les bénéficiaires exclusifs de sa vigilante tendresse.

7

Ce matin-là, au quarante-septième jour de notre évasion dans l'île des Gauchers, je me levai aux aurores et décampai de notre chambre pour disparaître sous une fine bruine. Alice était encore perdue dans ce sommeil profond qui nous déracinait du monde réel, là où nos songes s'amusaient selon leurs propres règles.

Là où elle souffrait moins.

Quelques heures immobiles plus tard, en plein cœur de Port-Espérance, je l'aperçus de dos sur Rupture Avenue qui doublait sans éclat cette vedette qu'est Love Boulevard. À l'endroit même où s'épanouissait l'existence à grand spectacle de l'île, avec déploiement d'affiches peintes, tintamarre de publicités d'objets conçus pour faire rêver sa moitié et abondance d'annonces sentimentales en lettres lumineuses. Ici, au milieu du Pacifique, l'électricité fardait les façades comme dans le Broadway des années 30.

Devant ce Palais des Débuts qu'était la grande salle des fêtes inversées des Gauchers, Alice portait une longue robe blanche en lin qui dessinait à la perfection les courbes de son corps. Le drapé dévoilait en totale indécence son dos jusqu'à la cambrure de ses reins, là où commençait le voyage. De son chignon désordonné, de longues mèches de cheveux s'échappaient, cascadaient sur sa nuque fine et flottaient autour de ses épaules nues. La jeune femme était foutrement désirable, un subtil mélange de raffinement sensuel et de chiennerie sexuelle. Si je l'avais vue pour la première fois ce jour-là, je serais tombé fou amoureux d'elle dès la première seconde, condamnant mon corps à ne plus désirer que le sien.

Son regard scrutait les alentours. Sans doute me cherchait-elle. Elle fixa un instant l'Institut de prolongation de l'amour, un édifice qui se présentait comme un building souple de bambou. Je m'approchai d'elle, jouai à ne pas la reconnaître, à me conduire en homme qui la rencontrait pour la première fois :

— Bonjour, puis-je vous aider ?

Alice se retourna et s'amusa à paraître étonnée de ma présence. Elle me dévisagea un instant. Sans lui laisser le temps de répondre, je reposai la question :

— Puis-je vous aider ?

Elle comprit aussitôt dans quel manège mon imagination en feu s'était embarquée. Malgré sa fatigue enkystée, elle devina d'emblée que j'étais en train de nous faire vivre le chapitre ajouté par ses soins à *L'Île des Gauchers*. Elle sembla d'abord déconcertée que je fusse entré par effraction dans son imagination en lui dérobant son édition augmentée de mon *roman*, puis en parut enchantée

— Merci. J'avais rendez-vous avec un pianiste d'ici, un résident de l'île du Silence, pour faire une

187

promenade en barque autour du lagon, mais cela fait plus de trente minutes que je l'attends. Je pense qu'il ne viendra pas.

— Une promenade en barque autour de l'île ?

— Oui, j'en rêve depuis mon arrivée.

— Eh bien, on dirait que c'est votre jour de chance !

— Ah bon, pourquoi ?

— Je suis le meilleur guide de l'île. J'en connais la moindre parcelle de terre et le plus petit îlot. Alors, je vais vous l'offrir, moi, cette balade en bateau. Laissez-moi juste le temps de… (je lançai des regards autour de moi)… récupérer mon bateau qui se trouve (autres coups d'œil alentour) justement pas très loin d'ici. Attendez-moi quelques minutes.

— Êtes-vous sûr ?

— Sûr de sûr.

Je partis à la hâte chercher une embarcation de fortune que, bien évidemment, je ne possédais pas. Alice ne méritait-elle pas que l'on prenne tous les risques pour elle ? Dans le port, je cherchai aussitôt une barque à acheter. Affaire qui se révéla plus compliquée que prévu car j'ignorais tout des us et coutumes des habitants. Je finis par dégoter un modeste bateau.

Lorsqu'elle me vit revenir avec ma barque minable, elle ne put s'empêcher de rire aux éclats. Ne la laissant pas s'apitoyer, je l'invitai à prendre place à bord.

La mise à l'eau se révéla catastrophique. La barque, complètement bancale, prenait l'eau par endroits, mouillant jusqu'aux chevilles ma nerveuse passagère. Elle ne me fit aucune remarque mais elle comprit que je n'avais jamais été guide touristique et que je n'avais jamais touché un aviron de ma vie.

Embarqués pour la belle aventure dans les bleus profonds et mouvants du lagon, nous progressâmes dans une mangrove mystérieuse, épaisse. Chaque arbre exhibait ses racines dansantes qui plongeaient dans les eaux.

Pendant plus de trois heures, cette amazone venue de nulle part ne prononça pas un mot. Elle se contentait d'observer le paysage autour d'elle, d'étancher son besoin d'avaler le monde. Pour mieux s'en abreuver. Et pour la première fois, je la regardai de la manière dont elle regardait le monde. Avec somptuosité, gaieté et spontanéité. Son regard était capture de la vie, dévoration du réel. Un réservoir d'abstractions, de boulimie.

J'accostai sur des terres inconnues à mon langage. Le langage du corps, cette communication muette, était une nouveauté pour moi qui parle trop. Et je m'aperçus que le regard était la seule présence réelle entre un homme et une femme. Celui d'Alice était le reflet des mouvements intenses de son âme. D'une intelligence avide, d'un cœur ardent et d'une âme puissante. Il était le confessionnal de ses élans, le haut-parleur de ses désirs. Dans ses yeux, je lisais tout ce qu'elle était. Ils racontaient son boulot de banquière qui rêvait en décryptant les comptes de ses clients turbulents, les romans d'amour toxiques qu'elle dégustait et jalousait, la musique qui faisait danser son cœur chabada, les poèmes de Ronsard qui la faisaient vaciller et sa fréquentation des *Liaisons dangereuses*, ce texte renard qui exaltait son imagination. Ils évoquaient aussi la pluie et le flot incessant de passants les soirs d'été, les quais parisiens le long desquels elle se promenait en imaginant ce que la vie serait si ses jours étaient ceux d'une Gauchère de roman, le bruit léger des talons des femmes pressées, les hommes qui l'avaient aimée à l'excès, la mort qui n'attendait qu'elle, ses rêves d'enfant et ses fantasmes de jeune femme, tous les regrets qu'elle n'avait jamais eus, son extrême et impulsive émotivité, les films de Godard dont elle m'avait récité par cœur certains dialogues...

Les conversations les plus essentielles que nous avions eues n'avaient jamais été de l'ordre de la parole. Alice n'avait jamais usé son amour dans des mots, n'avait jamais prononcé un «je t'aime». Pour elle, les mots mutilaient et distillaient. Ils ne pouvaient exprimer ce qui est rare et imprévisible, l'extraordinaire volubilité des sentiments. Et pourtant, Alice m'avait abreuvé de déclarations d'amour. Elles s'étaient dessinées sur la cambrure exagérée de ses reins lorsque je lui avais fait l'amour, dans les larmes qui avaient inondé nos draps quand elle avait craint que j'aille user mon désir auprès d'une autre, dans mes romans réduits en confettis par ses propres mains.

Par sa seule présence, Alice existait intégralement.

Le désir que j'avais pour elle avait été initié par la manière dont elle usait de son corps pour me séduire. La dépendance que j'avais développée pour son rire avait été cultivée par le zigzag qu'il dessinait sur ses lèvres, le manque de son cul par ses absences répétées, le besoin que j'éprouvais de partager les mouvements de son âme par ses silences.

L'éloquence du langage de son corps valait tous les mots d'un Larousse. Ses silences braillards valaient tous les romans de Stendhal, tous les vers de Ronsard, toutes les chansons d'amour, tous les dialogues étincelants de cinéma.

Cette fille était ma révolution copernicienne. Un cataclysme qui percutait ma représentation des choses et de l'amour jusqu'à la faire éclater. Un seul regard et me voilà amoureux. Folâtrement. Déraisonnablement. Dans ces instants, mes yeux ne la désiraient pas, ils l'aimaient. Totalement. Et notre amour se cristallisait autour de l'échange de ce seul regard. Ses yeux promettaient l'aventure romanesque essentielle, aucune compromission sentimentale, aucun sabordage érotique. Une vie amoureuse sans protocole. Son regard était une peinture surréaliste de la vie réelle, une réserve infinie des sentiments vrais et simples où le monde a puisé ses plus grandes beautés. La passion y abondait. Le désir y exultait. Nous étions des spécialistes du bonheur. Du tout est simple.

Ce moment était une communion, un recommencement, une fusion.

Soudain, la nuit noire s'abattit sur nous. Le temps nous avait dépassés. Le crépuscule d'Océanie avait envahi toute l'île et il nous engloutit avec elle. Au loin, une longue traînée de lumière colorée illuminait le ciel, suivie d'un bruit retentissant qui explosa dans le silence. Un feu d'artifice se reflétait sur l'eau autour de nous. Il nous fallut rentrer au plus vite à Port-Espérance.

Malheureusement, mon piètre sens de l'orientation

ne nous fut d'aucun secours pour retrouver le chemin du large. Je me laissai guider par la seule lumière émanant des feux d'artifice qui inondaient le ciel grisé. Au bout de quelques minutes, je dus me rendre à l'évidence : nous étions perdus. Comment rejoindre l'île ?

J'avais le dos inondé de sueur à force de ramer et le cœur lacéré d'avoir entraîné Alice dans cette galère. Alice qui, elle, ne se laissa pas malaxer par la peur. De quoi pouvait-elle avoir la trouille alors que la vie la rapprochait chaque jour inéluctablement de son effacement ?

Nous étions depuis quelques semaines sur l'île des Gauchers. Cent jours ou presque, et Alice était encore là. Tout ce que nous vivions était du supplément de vie, des cerises sur le gâteau. Ces quelques heures ne devaient pas être paralysées par la peur. J'observai Alice qui s'émerveillait devant tous ces dégradés de couleurs qui striaient la nuit noire. Comme une petite fille. Je m'approchai d'elle, la serrai dans mes bras et nous contemplâmes ensemble le ciel illuminé de couleurs impossibles.

Au bout de deux heures, un accent local retentit :

— Mais qu'est-ce que vous faites là ?

— Nous nous sommes perdus.

— Vous avez de la chance que je sois passé dans les parages, sinon vous seriez encore là demain matin.

— Nous vous sommes tellement reconnaissants.

— Que se passe-t-il sur l'île ? lui demanda Alice.

— Vous ne savez pas ? C'est le carnaval et tout le monde est rassemblé au cœur de la ville pour faire la fête. Inutile de vous dire que personne ne se serait aperçu de votre disparition avant l'aube, voire bien après.

Mais Alice était heureuse. En accostant, elle rit aux éclats et me lança :

— Eh bien, allons danser maintenant !

8

Un matin, j'observai Alice écrire et soudain je la vis chanceler et lâcher sa plume. Elle s'effondra. Son cœur se raidit, sembla partir en poudre, le mien se figea. J'étais terrifié à sa vue. Elle n'avait plus que la force de sourire, d'être frêle. La nuit d'écriture l'avait achevée.

Allait-elle hâter l'épilogue gaucher de notre amour ?

Je me précipitai à ses côtés et lui rendis la vie en l'embrassant. Un pâle sourire illumina son visage ravagé par la souffrance qu'elle m'avait cachée jusqu'alors. Alice n'y parvenait plus. Elle n'était plus que la copie défraîchie de son éclat. Jusqu'ici nous avions été vécus par l'amour, la poésie nous portait, seul vrai langage entre un homme et une femme. À présent, tout semblait caler. Le chagrin nous vit, nous posséda. Le souffle de notre érotisme s'enraya, son appétit d'exister s'évapora. Elle me sourit, mais son corps avait du mal à rejoindre sa pensée, à être trouvé par la vie. Mais parce qu'elle allait mourir bientôt dans mes bras, s'arracher à notre fabuleux présent, l'amour la rendait encore belle.

— Frédéric, souffla-t-elle, je voudrais choisir avec toi ma sépulture. Je m'en vais et voudrais m'en aller à ton bras. Choisir à deux…

— Notre tombe ?

Émue, elle répondit :

— Je ne savais pas si je devais choisir ma tombe ou la nôtre.

— La nôtre.

— Tu dois vivre, et aimer encore après moi.

— Je n'en vois pas la nécessité.

— Tu en aimeras une autre.

— Avec toi, Alice, je fais provision d'amour pour l'éternité.

— Vis.

— Je ne me tuerai pas, j'aimerai pour deux.

Je la sentais vraiment heureuse dans son désarroi.

Et j'ajoutai en désignant notre zubial :

— Avec lui.

Fragile, elle s'appuya sur mon bras et me conduisit aux pompes funèbres de l'île qui se présentaient comme ce que nous appelons en pays droitier une société d'organisation de mariages. Tandis que le Gaucher en charge de l'éternité des amours locales nous écoutait afin de répondre au plus juste à notre requête, nous faisait causer de notre histoire, de notre récente émigration, elle déclina, s'essouffla. Je la serrai contre moi et la berçai doucement, comme une enfant qui souffre.

Le petit homme médita quelques minutes et nous proposa de nous rendre là où nos cœurs pourraient le mieux s'ancrer dans l'éternité. Escorté par notre petit zubial qui se dandinait, on se mit en marche dans la jungle qui assaillait les flancs du volcan, à pas lents. Alice fit un effort surhumain pour progresser, avant de s'écrouler en larmes. Elle dut s'asseoir pour reprendre des forces. Sous l'aplomb du soleil Pacifique, il y avait tant d'espérances auxquelles il nous faudrait désormais renoncer, tant de féerie à délaisser.

Je la portai alors sur mon dos et nous atteignîmes enfin la crête de la corolle du volcan qui constitue l'édifice de l'île, là où nos yeux se perdaient à droite dans l'indéfini de l'océan et à gauche dans l'infini d'une vue plongeante sur Port-Espérance et sur le lac aussi limpide qu'un regard céruléen. Tout au sommet de l'île, le vaste régnait. Le réel ne souillait plus les sentiments. L'absolu des cœurs y était d'un meilleur rapport.

— Un dais de pierre blanche pourra être orné de pivoines sauvages qui poussent divinement ici et de roses qui retomberont en pluie, expliqua l'homme amoureux de l'éternité. Vos deux fleurs.

— Pourrait-on faire installer en dessous un piano ? Je voudrais pouvoir venir ici jouer notre concerto de Bach, te parler en musique, par la joie de Bach. Notre partition pour quatre mains, je la jouerai seul, dis-je en serrant les doigts glacés d'Alice.

— Bien entendu, nous le ferons monter à dos d'âne à travers la jungle, démonté, et un accordeur viendra faire le nécessaire après remontage.

— Creusez deux places et mettez dès à présent nos deux noms.

— Monsieur mourra bientôt ?

— Non, j'espère faire vivre notre amour le plus longtemps possible.

Alice me saisit la main, la pressa à peine.

Elle était, je crois, bouleversée qu'à tant d'amour vivant j'ajoute autant de soin posthume. Elle savait que je n'étais pas de ces écrivains droitiers – si fréquents – qui, allant de défaillance en défaillance, enchantent la mort d'une bien-aimée après avoir ravagé leur vie. Notre demain ample ne serait que la poursuite d'une onde vivante, comme une note longtemps portée dans l'air après que la bouche du chanteur s'est tue. Ce piano de plein air, à l'abri d'un dais de pierre fleuri, nous servirait de moyen de communication et la musique céleste de Bach de courrier du cœur, rédigé en notes. L'homme nous expliqua que cet endroit, très isolé en altitude, servait de perchoir à des oiseaux migrateurs, les papillons des mers palmés, les rares du règne animal à pratiquer une fidélité sexuelle exclusive qui perdure jusqu'à la mort, même en cas de perte du conjoint. Ils ne se palmaient que le jour de leur union, prêts à voyager. Je devinai à son regard ému, presque apaisé, qu'Alice y voyait la poursuite d'une chance posthume.

Le rose lui monta aux joues.

Elle ferma enfin les yeux, esquissa un sourire entre deux douleurs qui lui firent pousser des petits cris d'étrange plaisir. Entendait-elle le *Concerto n° 1 en* ré *mineur* qui nous avait unis ? Imaginait-elle le dais nuptial couvert de pivoines mêlées de roses sauvages au-dessus de la dalle sous laquelle nos cœurs reposeraient ? Ressentait-elle l'extase animale de notre zubial qui pressentait l'éternité de nos sentiments ? Alice n'avait plus de ces sueurs d'angoisse que j'avais remarquées depuis un certain temps quand elle faisait un effort ou se réveillait la nuit en criant d'horreur. Son bien-être était soudain plus poignant.

Elle ajouta en s'adressant à l'homme :

— Pouvez-vous faire dresser un canapé de marbre, pour qu'il puisse se reposer après l'ascension ?

— Bien, madame.

Diaphane, Alice me sourit et murmura :

— Un jour tu seras vieux, il faudra que tu te reposes.

Pour accompagner son éternité, elle pensait à tout.

Je contemplai ma femme, serrai sa main.

Sa respiration hachée, claudicante, se fondit dans la mienne.

Notre petit zubial leva son haut museau et geignit douloureusement.

Le monde respirait à travers nous.

Ah, comment l'amour absolu nous recrute-t-il ?

Et comment dire adieu simplement à Alice ? Quand nous toucherions notre magot d'immortalité, allions-nous faire face avec acceptation ? ou suffoquer d'aigre désespoir ?

À cet instant, je sus qu'il y avait en moi quelque chose qui n'était pas moi et qui était bien plus précieux que moi : ma capacité d'aimer.

9

Ce matin-là, Alice était moins une présence qu'une absence. Pour ne pas s'effacer du réel, elle écrivit un peu et me supplia de la laisser seule se reposer. Sa face portait déjà l'oubli de ce monde, les stigmates de l'extrême fatigue. Son écriture était plus lente.

Je sortis sur la terrasse de notre bungalow dans les branches et la laissai au milieu de notre lit. Les draps blancs étaient de son teint.

Notre petit zubial se lova contre mon ventre. Accagnardé dans une chaise longue en face du lac bleuté de Port-Espérance, je me replongeai dans *Les Amours* de Ronsard. Ses vers de Droitier me semblaient ceux d'un Gaucher. Le zubial ronronnait d'aise. Je me dis que j'avais toujours superficiellement souhaité vivre et profondément voulu aimer. Ma victoire était d'y être parvenu en cet instant.

Saisi d'inquiétude, je me relevai pour regarder Alice entre les rideaux. Le vent tiède de l'île la berçait. Je la vis écrire en usant de ses ultimes ressources. Son cœur se concentra encore.

Épuisé de la veiller depuis des nuits et des nuits, je retournai m'étendre dans la chaise longue en bois tropical. Le zubial revint réchauffer mon cœur. Je glissai dans un sommeil profond tandis que le soleil s'élevait dans le cirque du grand volcan. Les pages de Ronsard me glissaient des mains.

Et soudain je me réveillai.

Le zubial venait de hurler à la mort. Sa peine perça mes songes. Mon chagrin tourna aussitôt en jaunisse.

Je m'avançai dans notre chambre et trouvai Alice les yeux fermés. La nuit éternelle y était tombée. Son visage figé conservait ce je-ne-sais-quoi qui enchantait et bouleversait. Je restai immobile et ne fus réveillé de ma commotion, le teint subitement jaune, que par l'arrivée du médecin gaucher alerté par le cri si caractéristique de l'animal, connu de tous dans l'île. Le cri de l'envol d'un amour.

Le médecin présenta un miroir en forme de cœur et une bougie devant la bouche d'Alice, comme jadis. Aucun souffle de vie ne vint embuer la glace et la flamme ne vacilla pas. Ainsi commença notre vie d'après.

Ma tristesse était notre ultime joie.

Comment trouver soudain l'art de me supporter moi-même, privé de son rire ? Ah, Dieu s'acharnait contre moi. Comment diable délayer ma peine et franchir la minute qui venait, l'heure acide qui m'attendait ? Ma pensée se réduirait-elle désormais à un dialogue avec ma pure volonté ?

Je pleurais pour tenir.

En dehors de notre amour, tout me semblait mensonge.

Je n'aurais plus jamais le démon de la dispersion. Je n'étais plus que présence à son départ.

La main d'Alice tenait encore son stylo nacré. Elle avait mis le dernier mot à son dernier cahier rouge. Je le pris, saisis aussi la pile de ceux qu'elle noircissait depuis longtemps déjà et découvris qu'il s'agissait du roman de notre amour que vous êtes en train de lire à l'instant. Folle de mon regard, amoureuse de mes émotions, elle avait pris soin de l'écrire à la première personne en se glissant dans un «je» qui était le mien. Tout ce que vous venez de lire est donc de sa plume, hors ces derniers paragraphes et les suivants, car je me permets d'allonger sa prose pour achever non le récit de notre amour mais la fin de sa partie terrestre.

À chaque instant de notre histoire, Alice avait donc ressenti mes émotions, deviné le détail de mes troubles et décrypté mes désarrois insondables. De mes doutes, elle avait façonné ce livre. Je tenais entre mes mains la preuve que les Gauchers ont raison: l'amour est né pour réussir, l'amour est bien cette échappée victorieuse hors de soi, le triomphe définitif de l'écoute sur l'enfermement, la joie d'être l'autre pour devenir soi. Un jour, le sublime de l'autre nous est accessible, la perfection du don de soi nous envahit.

Très vite, l'étrange habitude du bonheur me reposséda dès que je repensais à elle. Je me gorgeais d'amour.

Assez vite se mit en place la cérémonie funèbre gauchère qui tenait de la fête nuptiale et de l'explosion florale. Port-Espérance se couvrit de blanc. À toutes les fenêtres, des draps étaient étendus. À chaque décès, les Gauchers s'unissent dans l'île pour fêter le mariage de deux âmes qui entrent dans une union éternelle. Toute la ville en bord de lac se mit en tenue de noces. Les femmes et les hommes ressortirent leurs tenues de mariage en l'honneur d'une passion qui, enfin, échappait au temps. Sur le passage de la charrette funéraire aux airs festifs de char nuptial, la foule applaudit ma marche. Notre petit zubial gambadait, exécutait des roues devant notre sillage d'applaudissements. De mes abattements de cœur et de ma joie d'aimer encore, l'île faisait une espérance.

Enfin nous gagnâmes le lieu de la sépulture, ralentis par l'âne qui portait le piano à queue viennois. Sous le dais monté à la hâte, on accorda enfin le piano pendant que j'achevais de creuser la fosse où reposerait Alice avant moi, avec l'aide de trois Gauchers.

Enfin mes mains tremblantes se posèrent sur le clavier et, dans la brise marine qui montait du Pacifique, je jouai seul notre morceau si joliment interprété à quatre mains avec Alice : le *Concerto n° 1 en ré mineur* de J.-S. Bach. Les notes s'élancèrent, nos cœurs fusionnèrent dans le mien. Nous donnions soudain au hasard cruel une allure de cohérence et de noblesse qui apparaissait comme une sorte de destin. À la faveur du chagrin, Alice et moi entrâmes dans le sublime.

Notre éternité commençait.

ACTE IV

L'hiver ?

Le crépuscule d'un grand amour n'existe pas.

Depuis son outre-tombe, Alice ne perd pas la main. Elle m'incendie toujours d'un souvenir, d'un regard ancien, et n'en finit pas de vibrer post mortem. Ferraille-t-elle avec le diable ou avec le bon Dieu ? Qui sait... Une chose est sûre, cette professionnelle de l'émoi danse sans répit dans mon imaginaire. Sans doute profite-t-elle de notre proximité gémellaire de Gauchers. Pour moi, Alice résume toujours toutes les énigmes de la féminité, toutes les nuances de l'excitation.

L'écriture m'a définitivement quitté. Je ne suis plus camé d'illusions.

Dans l'île, je préfère vivre à pleins poumons notre roman d'amour intégral et posthume. Alice a réussi à me faire tout miser sur le cœur. Les simulacres affectifs littéraires, ces pauvres compensations, me paraissent ridicules. Par elle, ma femme d'éternité, mon quotidien reste désinfecté de toute tiédeur. La grande vie galante du veuvage me rencontre au milieu du Pacifique. Je m'immerge dans un destin d'amoureux hors norme. Sitôt que je crie le prénom d'Alice dans mes promenades sauvages au bord de l'océan, je glane de la joie pure. Jour après nuit, l'amour fait de moi un mieux-que-moi.

Notre zubial le sait bien. De ma fenêtre au bord du lac de Port-Espérance, je l'aperçois. Il resplendit, loopingue entre les branches, s'esbaudit, caracole et siffle gaillardement. Son poil reste luisant alors que ses congénères dépérissent et présentent un poil très terne lorsque les amours de leur couple d'adoption s'essoufflent. La plupart se laissent mourir de chagrin si leurs maîtres se désaiment et négligent de copuler avec fougue. On en voit ainsi s'éteindre de peine dans les arbres, gémissant tristement. Le nôtre n'a pas senti que la mort pouvait nous séparer. Il sait que mon âme et celle d'Alice vibrent au diapason pour l'éternité. À l'instant, je viens de le voir narguer une plante carnivore en riant de bon cœur.

Dès qu'Alice me manque trop, je puise dans notre gisement de folies et reparais sur la scène de nos désirs cinglés. Alice n'a jamais brigué le grade d'amante. Elle demeure la première, ma femme de cœur légitime. Nous sommes encore un seul être avec deux âmes et deux squelettes dont l'un a déjà blanchi. Par pur dandysme, je tente parfois de séduire une belle Gauchère au regard de feu, mais j'échoue à m'étourdir. Aucune ne sera jamais au degré d'Alice la rébellion devant le tiède. Notre cargaison de souvenirs suffit à rassasier mon âme. Dans ma jeune vieillesse, elle sera ma faim de vie, ma femme-vie.

Alice reste mon avenir.

Heureux, je viens de faire graver sur sa tombe :

À la gloire de notre amour
Ici repose le corps enchanteur d'Alice Sauvage,
reine de mes sens, conseillère de mon âme,
dédiée à l'embellissement de ma vie
et pourvoyeuse de sublime.
La force et l'étendue de son génie amoureux
la rendaient si singulière dans l'art d'aimer
qu'on peut dire qu'elle en inventa
les beautés principales
qu'elle porta à leurs dernières perfections.
Elle répondit par l'excellence de ses règles vivantes
à la grandeur et à la magnificence de ses sentiments.
Ce qui me combla de féeries.
Je n'ai pas seul profité des talents de son cœur
parce que la vie elle-même en fut agrandie
lors de son passage comète sur cette terre.
Chaque soir son souffle de vie m'emporte
car il n'y a pas d'autre mort que l'absence d'amour.
Notre passé est un présent sans fin.
Elle naquit pour moi en l'année 1990
et mourut au monde dans le mois de septembre 2020.
Frédéric,
son homme ad vitam aeternam

REMERCIEMENTS

À Maëlle Guillaud, éditrice de ce roman. Maëlle permet à ses auteurs d'être fous en surveillant leur folie. Grâce lui soit rendue !

Et à Gilles Haéri, l'homme de toutes les folies, l'éditeur faussement paisible.

Du même auteur :

Romans

Frères, Albin Michel, 2023.

Française, Albin Michel, 2020.

Le Roman vrai, L'Observatoire, 2019.

Double-cœur, Grasset, 2018.

Ma mère avait raison, Grasset, 2017, Le Livre de Poche, 2019.

Les Nouveaux Amants, Grasset, 2016, Le Livre de Poche, 2018.

Juste une fois, Grasset, 2014, Le Livre de Poche, 2016.

Mes trois zèbres, Grasset, 2013, Le Livre de Poche, 2015.

Joyeux Noël, Grasset, 2012, Le Livre de Poche, 2013.

Des gens très bien, Grasset, 2011, Le Livre de Poche, 2012.

Quinze ans après, Grasset, 2009, Le Livre de Poche, 2010.

Chaque femme est un roman, Grasset, 2008, Le Livre de Poche, 2010.

Le Roman des Jardin, Grasset, 2005, Le Livre de Poche, 2007.

Les Coloriés, Gallimard, 2004, Folio, 2005.

MADEMOISELLE LIBERTÉ, Gallimard, 2002, Folio, 2003.
AUTOBIOGRAPHIE D'UN AMOUR, Gallimard, 1999, Folio, 2001.
LE ZUBIAL, Gallimard, 1997, Folio, 1999.
L'ÎLE DES GAUCHERS, Gallimard, 1995, Folio, 1997.
LE PETIT SAUVAGE, Gallimard, 1992, Folio, 1994.
FANFAN, Flammarion, 1993, Folio, 1992.
LE ZÈBRE (prix Femina), Gallimard, 1988, Folio, 1990.
BILLE EN TÊTE (prix du Premier Roman), Gallimard, 1986, Folio, 1988.

Essais

LES MAGICIENS, Albin Michel, 2022.
RÉVOLTONS-NOUS, Robert Laffont, 2017.
LAISSEZ-NOUS FAIRE, Robert Laffont, 2015.
1 + 1 + 1…, Grasset, 2002, Folio, 2005.

PAPIER À BASE DE
FIBRES CERTIFIÉES

Le Livre de Poche s'engage pour
l'environnement en réduisant
l'empreinte carbone de ses livres.
Celle de cet exemplaire est de :
200 g éq. CO_2
Rendez-vous sur
www.livredepoche-durable.fr

Composition réalisée par MAURY-IMPRIMEUR

—————————————

Achevé d'imprimer en France par
CPI BRODARD & TAUPIN (72200 La Flèche)
en octobre 2023
N° d'impression : 3054709
Dépôt légal 1re publication : novembre 2023
LIBRAIRIE GÉNÉRALE FRANÇAISE
21, rue du Montparnasse – 75298 Paris Cedex 06